逃亡！真実一路

椿平九郎 留守居秘録 5

早見 俊

逃亡！真実一路——椿平九郎留守居秘録５

目次

逃亡！　真実一路――椿平九郎　留守居秘録5・主な登場人物

椿平九郎清正(義正)……羽後横手藩江戸留守居役の若者。横手神道流の遣い手。
大内盛清　……………羽後横手藩先代藩主。江戸下屋敷で趣味三昧の気楽な暮らしを楽しむ。
大内山城守盛義　…「よかろう」が口癖で、家臣の上奏に異を唱えない羽後横手藩藩主。
雪乃　………………大内盛義に輿入れをした越後春日山藩五万石、森上讃岐守の娘。
佐川権十郎　………盛清に「気楽」と綽名された大内家出入りの旗本。宝蔵院流槍術の達人。
矢代清蔵　…………「のっぺらぼう」と綽名される横手藩江戸家老兼留守居役。平九郎の上役。
若林新次郎　………自ら「遊撃組」を組織し、火付犯の探索などを行う野心家の目付。
韋駄天小僧三吉……飛脚たちが中心となり、大名家を狙い盗みを働く集団の頭。
牧村監物　…………二十年に亘り越後春日山藩の江戸留守居役を務める男。
伏見重太郎　………大内家勘定方の頭。
川田弥助　…………大内家勘定方で金蔵番を勤めていた若侍。
お鶴　………………浅草の料理茶屋「花膳」の娘。女将として店を切り盛りする。
雷太　………………韋駄天小僧三吉の右腕。頰に刀傷のある凶暴な顔つきの六尺近い大男。
棚橋作左衛門　……大殿、盛清の不興を買い大内家を去った郡方の役人。鐺の名人。
大木伝十郎　………公金を横領し越後春日山藩を追われた長弓の名手だった男。

第一章　七光目付

一

椿平九郎は耳を塞ぎたくなるのを必死で堪えている。

目の前で獣が咆哮しているのだ。

「ううむ……」

いや、それはあまりに無礼だ。

羽後横手藩十万石大内家の下屋敷、咆哮の主は藩主山城守盛義の父で隠居した盛清、すなわち大内家の大殿であった。

御殿の書院で盛清は見台に向かって義太夫を語っている。調子が外れていること甚だしく、鬨の声のような大音声であるため、聞く者は拷問を受けているようだ。

文政四年（一八二一）卯月一日、初夏の陽光が満ち溢れ、薫風香る朝の平穏をぶち壊す盛清の義太夫節である。庭で萌える若葉も心なしか色あせていた。

四半時が過ぎ、書院の片隅で控える平九郎の額には脂汗が滲み出した。

「うむ……よし、調子は上々じゃ」

盛清は自画自賛し、平九郎に向いた。

苦痛から解き放たれ、平九郎の顔から安堵の笑みがこぼれる。

「まこと、大殿の義太夫はいつ拝聴しましても、聞き惚れてしまいます」

我ながら呆れるような世辞が口をついて出た。

椿平九郎清正、歳は二十八歳、それほどの長身ではないが、引き締まった頑強な身体つきだ。ただ、面差しは身体とは反対に細面の男前、おまけに女が羨むような白い肌をしている。つきたての餅のようで、唇は紅を差したように赤い、ために役者に生まれたら女形で大成しそうだ。

幕府や他の大名家と折衝に当たる留守居役を担って二年余り、役目柄備わった要領が心にもない世辞を使ってしまう。

盛清は満更でもないようにうなずくと、

「して、本日の義太夫の会、みな、集まるのじゃな」

盛清は上機嫌で問いかけてきた。

今日の昼、下屋敷御殿の広間で盛清は義太夫の会を催す。ついては盛清が招いた客たちの出欠を平九郎が確認してきたところだ。

盛清は悠々自適の隠居暮らしをしている。暇に飽かせて趣味に没頭しているのだが、凝り性である反面、飽きっぽい。料理に凝ったかと思うと釣をやり、茶道、陶芸、骨董品収集に奔るという具合だ。

料理に凝った時は家臣や奉公人など大人数に振る舞い、釣は幾艘もの船を仕立て大海原に漕ぎ出すばかりか大規模な釣り専用の池を造作したりした。骨董品収集に夢中になった時は老舗の骨董屋を出入りさせたばかりか、市井の骨董市に出掛けて掘り出し物を物色し、道具屋を覗いたりもした。

従って、盛清の隠居暮らしには金がかかる。

このため、大内家の勘定方は、「大殿さま勝手掛」という盛清が費やすであろう趣味にかかる経費を予算として組んでいる。それでも、予算を超える費用を要する年は珍しくはない。

そんな勘定方の苦労を他所に、盛清は散財した挙句、ふとした気まぐれから耽溺した趣味をぱたりとやめる。新たに興味をひく趣味が現れると、そちらに夢中になるのだ。

盛清はここ二月ほど、義太夫に耽溺しているのだ。

ところが、悪声で調子外れとあって聞きたがる者はいない。それでも、大殿相手に不平、不満は言えず、腹の底とは裏腹に賛辞を呈するものだから盛清は調子づき、二度目となる会を催す気になってしまったのだ。

「はい……その……中には都合がつかず、出席できない方もいらっしゃいます」

言葉を選びながら平九郎は答えた。

「それは仕方がなかろう」

盛清は何度かうなずいた。

焦げ茶色の小袖に袴、袖無羽織を重ね、商家の御隠居といった風である。還暦を過ぎた六十一歳、白髪混じりの髪だが肌艶はよく、目鼻立ちが整っており、若かりし頃の男前ぶりを窺わせる。

元は直参旗本村瀬家の三男であった。昌平坂学問所で優秀な成績を残し、秀才ぶりを評価されて、あちらこちらの旗本、大名から養子の口がかかった末に出羽国羽後、横手藩大内家への養子入りが決まった。大内家当主となったのは、二十五歳の時で、以来、三十年以上藩政を担った。

若かりし頃は、財政の改革や領内で名産品の育成や新田開発などの活性化に熱心に取り組み、そのための強引な人事を行ったそうだが、隠居してからは藩政には口を挟むことなく、藩政に注いだ情熱を趣味に傾けているのだ。

「して、来られぬ者は誰じゃ」

欠席者を盛清に問われ、

「殿は公務にお忙しく、御都合がつきませぬ」

伏し目がちに平九郎は答えた。

「盛義はよい。あ奴は藩政に身を入れるべきじゃ」

盛義の欠席を快く受け入れた後、

「じゃが、ひょっとして奥にうつつを抜かし、奥向きに入り浸って、下屋敷まで足を延ばしたくはないのではないのか」

先月、春爛漫（らんまん）の日に盛義は婚礼を挙げた。輿（こし）入れしてきたのは越後春日山（えちごかすがやま）藩五万石、森上讃岐守（もりかみさぬきのかみ）の娘、雪乃（ゆきの）である。名の通り、雪のように白い肌をした美人と評判だ。盛義は雪乃に一目惚れをした、とは家中で好意的に噂されている。

「決して、そのようなことはありません。殿は奥方さまを迎えられ、これまで以上に公務に励んでおられます」

平九郎が強い口調で盛義を擁護しても盛清は不満顔のまま、

「格下の森上家から嫁を迎えた上に、嫁に骨抜きにされてはならん。しっかりせよ、と盛義に申しておけ」

森上家は五万石、大内家は倍の十万石で国持格の家格である。そのため、盛清は盛義と雪乃の縁談に反対であった。渋々同意したのは越後にある大内家の領地問題であった。大内家は羽後横手を中心とした土地を領有しているが、越後にも飛び地として二万石があった。二万石の土地は森上家の領地と接し、水利権など境付近で紛争が絶えなかった。

お互いの代官、役人も不仲、飢饉、嵐に見舞われても助け合おうとしなかった。このままでは幕府が介入し、最悪の事態、飛び地を召し上げられるかもしれない、との危機感から森上家から嫁を迎え、親戚となるのが良い、という意見が大勢を占めたのだ。

盛義と雪乃の婚礼後、越後の大内家、森上家双方の領内は祝賀の提灯行列が催され、両家共同の祭が開催された。領民たちには酒や銭が配られ、両家は友好関係となった。

婚礼は吉と出たのだが、盛清は面白くなく、格下の森上家を、「森下家」と揶揄している。

ひとくさり、盛義と森上家に悪態を吐いてから、

「のっぺらぼうは、参るのじゃな」

盛清は江戸家老兼留守居役、矢代清蔵の出欠を確かめた。のっぺらぼうとあだ名されているように、喜怒哀楽を表に出さない無表情が板についている。腹の底を見せない老練さと沈着冷静な判断力を備えた平九郎の上役であった。

「御家老も殿と御協議すべき事柄が数多ありまして……」

申し訳なさそうに平九郎が返すと、

「のっぺらぼうも欠席か……まったく、盛義はいつまでのっぺらぼうに頼るのじゃ」

不満顔で言った後、盛清は次々と招待した重臣の名前を挙げた。対して、平九郎は各々の欠席理由を述べ立てた。

「みなさま、多忙のご様子と申しますか、偶々、都合が合わなかったようで……残念がっておられました」

苦渋の表情で平九郎は報告した。

「気楽は……あいつは暇だろう」

と、気持ちを抑えながら盛清は問いかけた。気楽とは盛清が懇意にしている直参旗

本佐川権十郎である。落語好きに加え、佐川自身が口から生まれたような多弁な男のため、人気噺家、三笑亭可楽をもじって、「気楽」と盛清は呼んでいる。

平九郎が答える前に、

「あいつは喜んでおったのではないか。なにしろ、無類の寄席好きだからな。その気楽がわしの義太夫を玄人はだしだと褒めちぎりおった。もちろん、あいつのことじゃ、世辞であろう。わしを良い気分にさせて小遣いをせしめようという魂胆に違いない。まあ、それでも、褒められて悪い気はしないものじゃ」

盛清は上機嫌で顎を撫でた。

「それが……」

平九郎が佐川も来られなくなった、と告げようとしたところで、

「この前の義太夫の会にな、うっかり声をかけるのを忘れたものだから、気楽の奴、むくれおったのだ」

気分よさそうに言い添える盛清に、

「そうですか……佐川殿、不機嫌になられたのですか」

合いの手のように平九郎は問いかけた。

満面の笑顔で盛清はうなずき、

「おれが大内家に出入りしているのは相国殿の義太夫が聞けるからだ、とまで言いおった」

と、得意そうに語った。

見え透いたお世辞もいいところだ。盛清が義太夫に凝り出したのはこの二カ月くらい、佐川は盛清が現役の藩主の頃から大内家に出入りしているのだ。盛清の義太夫目当てでないのは明々白々だった。

相国とは佐川が盛清につけたあだ名である。盛清をひっくり返せば清盛、つまり平清盛を連想させ、生前の清盛が、「相国入道」と称されていたことから佐川は盛清を相国殿と呼んでいるのだ。

「それで、佐川さまなのですが……今日は朝から熱を出しておられ……」

「熱……気楽は頑丈なのが取り柄じゃぞ。風邪などひいたこともないのに……そうか、前回は声をかけるのを忘れられ、今回は風邪か。不運な奴だな」

盛清は佐川に同情を寄せた。

「佐川殿も、悔しい、と嘆いておられました」

あくまで真顔で平九郎は返した。

佐川からは欠席の言い訳を事細かに指示されていた。

「そら悔しかろう。よし、ではな、後日、義太夫の会とは別に気楽一人のために、みっちりと語ってやるから、楽しみにしておれ、と伝えてやれ」

あくまでも盛清は親切で言っているのだが、佐川が聞いたら真っ青になるだろう。とんだ藪蛇（やぶへび）になったものである。

「すると、結局、誰が来るのだ」

盛清は我に返った。

「今のところ都合がつく方はおられぬようでして……」

答え辛（づら）そうに平九郎は返した。

「なんじゃ、誰もおらんのか……せっかく、語る気満々であったに……」

盛清は不満そうに平九郎を見据えた。

嫌な予感に囚（とら）われる。

「清正、おまえはどこも具合は悪くはないな」

盛清に問われ、

「ええ……は、はい。身体は丈夫ですので」

今更、仮病は通じない。

「それはそうだろう。虎退治の椿平九郎清正（きよまさ）であるからな」

盛清はにんまりとした。

「わたしは、その、身体は丈夫なんですがなにぶんにも色々と公務が……」

つい、目を伏せ、しどろもどろになると、

「よし、今日は特別に清正一人にたっぷりと語ってやるぞ」

ありがたいと思え、と言いたげに盛清は決めてかかった。

元来、平九郎の名は、「義正」であったのだが、一昨年の正月藩主盛義の野駆けのお供をした際、見世物小屋に運ばれる途中であった虎が逃げ出して盛義一行を襲った。平九郎は虎から盛義を守った。この功により、平九郎は馬廻り衆から留守居役に抜擢され、留守居役としても抜群の働きをしたため、盛清から「清」の一字を与えられ、「清正」を名乗るようになったのである。「清正」には盛清自身の名と虎退治で有名な戦国の勇将、加藤清正が因まれている。

そうだ、思い出した。

「身に余る栄誉でございますが、あいにくと役目があるのです」

残念そうに平九郎は言った。

佐川たちのように嘘を言っているのではない。

「役目など後日でよい。なんなら、わしから盛義に事情を話し、公務を後日にせよ、と連絡をしてやる」

公私混同も甚だしいのだが、盛清は一向に気にする様子もない。

「それが当家の用事ではなく、公儀のお役目なのです」

平九郎は言った。

「公儀の役目か……」

盛清もさすがに幕府に対して役目を後日にしろ、とは言えない。

「役目とはなんだ」

恨めしそうに盛清は問うてきた。

「大目付殿から御城に呼び出されておるのです」

平九郎が答えると、

「大目付から……一体、なんの用だ。何か公儀に不都合なことをやったのか」

盛清は気になる様子だ。

「用向きはわかりません。ただ、当家ばかりか他の大名家の留守居役も呼び出されておるようです」

平九郎が返すと、

「それは、物々しいのう」

　盛清は首を捻った。

「むろん、後日、大目付殿よりの用向きがどのようなものであったのか、お報せ致します」

「そうしてくれ」

　ぶっきらぼうに盛清は返してから、

「そうじゃ、近々のうちにな、あらためて大々的な義太夫の会を催そうと思うのじゃ。招待客も広く呼んでな」

　うれしそうに盛清は目を細めた。

　平九郎は呆気にとられたが、下手に反対すれば盛清の怒りを買うだけである。

「さて、となるとみっちりと稽古をせねばならぬな」

　盛清は見台に向いた。

　お茶を飲み、咽喉を潤すや唸り始めた。平九郎は耳を塞ぎたくなったが、そういうわけにはいかず、

「失礼致します」

　必死でそう告げ、ほうほうの体で書院から出た。

　義太夫の唸り声から逃れるように平九郎は廊下を進んだ。

「やれやれ」

息が詰まる思いだ。

義太夫の会を催すまでに、盛清が飽きてしまうことを願った。

二

その日の晩、平九郎は上屋敷の書院で江戸家老矢代清蔵と藩主大内盛義に大目付からの通達を報告した。

矢代は江戸家老兼留守居役の重職にある。のっぺらぼうと盛清からあだ名を付けられたように、喜怒哀楽を表に出さない無表情が板についている。腹の底を見せない老練さと沈着冷静な判断力を備えた平九郎の上役であった

「昨今、大名屋敷への火付け騒動が起きておるようです」

平九郎は報告を始めた。

盛義は黙っている。矢代は例によって無表情のまま先を促した。

「上屋敷ではなく、中屋敷、下屋敷、蔵屋敷ばかりだそうです。ついては、定火消(じょうびけし)の大名屋敷への立ち入りに快く応じて欲しい、との要請が大目付殿からありました」

平九郎は続けて語った。

定火消は若年寄支配下にある幕府直轄の火消である。与力六騎、同心三十人を配下に持ち、三千石以上の旗本が任命されている。ところが、大名火消、町火消が整備されるにつれ、火消活動の出番が少なくなっているのが実情だ。

また、定火消が詰める火消屋敷には火消活動に従事する臥煙と呼ばれる者たちが常駐しているのだが、この臥煙の評判が大変に悪い。全身に彫り物を入れ、やくざのような荒れくれ者が珍しくないのだ。

幕府は定火消の評判を高めたいようだ。

「父上がお許しになるかのう」

盛義が危惧を示した。

盛義の危惧通り、盛清は定火消の屋敷への立ち入りを容易には許さないだろう。何も盛清ならではの意固地さゆえではない。火消が立ち入るのを好まない大名は珍しくはない。

大名屋敷の内部は表向き公開されていない。建前上は砦や城塞のようなものだからだ。もっとも、天下泰平が続き、大名屋敷に戦国の世の城塞じみた雰囲気はない。藩邸で暮らす家臣のため、日常品を商う露店が屋敷内に設けられてもいる。

それでも、庶民はもちろん幕府の役人でも断わりもなく立ち入ることはできない。火事という緊急事態に際しても、邸内での火消活動は大名家が独自に行い、幕府が統括する定火消に任せない大名家は珍しくはない。

大目付がわざわざ留守居役を集めて定火消立ち入り要請の通達を出したということは、大名屋敷で火災が発生した際の定火消による消火活動の困難さを示してもいた。

「平九郎、そなたから父によく言って聞かせよ」

盛義は当然のように命じた。

ご自分から頼んでくだされ、とは口が裂けても言えない。

そんな思いを抱いているためか、

「承知しました」

返事に力が入らなかった。

言い方を間違えれば盛清は臍を曲げる。まかり間違っても大目付の要請だから受け入れてください、などと頼んではいけない。

そんな頼み方をしたら盛清のことだ。

「大目付がどうした！」

盛清は平九郎に怒声を浴びせ、臍を曲げるだろう。あくまで幕府の要請を受け、江戸の町を火事から守るために大内家も一肌脱ぐ、という気持ちを抱いてもらわないといけないのだ。

さて、どのように話そうか、と思案をしたところへ佐川権十郎の来訪が告げられた。

そうだ、佐川と相談しよう。盛清に大目付の依頼を伝える場にも同席してもらうに限る。

我ながら他力本願を情けなく感じたが盛清への折衝となると、つい、弱腰になってしまうのだ。

幕府の役人や他の大名家の留守居役との交渉の方が、よほど気が楽だ、とは言わないが大殿は難物である。

程なくして佐川がやって来た。

各大名は幕府の様々な情報収集、幕府要人への繋ぎをつけるため、特定の旗本と懇意にしている。佐川は幕府先手組に属し、明朗で口達者、幅広い交友関係を持っていた。

佐川は折に触れ、藩邸に出入りして幕閣の人事や大名に請け負わせる手伝い普請、あるいは大名藩邸についての噂話などを伝えてくれる。

今日の佐川は絹の白地に若葉を描いた、役者と見まごう派手な着物を着流している。

人を食ったような格好ながら、浅黒く日焼けした苦み走った面構えと飄々とした所作が世慣れた様子と手練の武芸者を窺わせもしていた。

事実、佐川は宝蔵院流槍術の達人である。

「ごめんよ」

れっきとした直参旗本でありながら佐川は町人たちとの付き合いが豊富なため、砕けた江戸言葉を駆使する。それが派手な身形と相まって不快感も不自然さも感じさせない。

「いやあ、まいったな」

佐川は開口一番、盛清が義太夫に凝っていることを述べ立てた。矢代は無表情であるが盛義は苦笑し、平九郎は答えに詰まった。

「殿、なんとかなりませぬか」

佐川は困り顔で盛義に問いかけた。

「そんなことを言われてもな」

まるで他人事のように盛義は横を向いた。

「これまでの趣味は大内家の台所には痛かっただろうが、害を及ぼす範囲は限られていた……しかし、今回の義太夫ばかりは聞く者全てに災いが降りかかるんだ。たまったもんじゃないぜ。なあ、平さん」

佐川に賛同を求められ、「はい」という言葉が喉まで出かかったのを平九郎はぐっと呑み下した。

盛義は困り顔で沈黙を守っている。

佐川は続けた。

「凝り出したら誰も止められないのが相国殿の趣味だが、熱しやすくて冷めやすいのが救い。そのうち、飽きるだろうから、そっとしておればよかろうがな……それでも、義太夫の会は開くだろうから、それを乗りきらねばならん。手を変え、品を変え、言い訳を講ずるか……仮病は使ったから、今度は身内を殺すか……身内だとばれるから友人、知人の葬儀に出る……うむ、これでゆく」

自分自身を納得させるように佐川は両手を打った。

「大殿の義太夫への耽溺は盛んになる一方です。次の大がかりな義太夫の会が山場となるのではないでしょうか。そこでやりきったというような達成感か、とんでもない嫌な思いをなさったなら、興味をなくされるのではないでしょうか」

平九郎の見通しに、

「おれもそう思うぜ」

希望を込め、佐川は賛同した。

盛義も不安そうな表情を変えない。

矢代は無表情だが、内心ではそうあって欲しいと願っているに違いない。

ここで平九郎が、

「次回の会にはみなさま、ご出席ください。でないと、大殿は納得なさいませんぞ」

佐川は目を伏せ、

「行かねばならぬのか」

と、嘆いた。

盛義はため息を吐(つ)いた。

「何度も仮病を使っては大殿だって気づかれますぞ」

平九郎は釘を刺した。

だから、次は仮病を使わないと佐川は言ってから、

「それはわかるがな、何しろあの声だ。調子外れも許せないが、あの声だよ。火事に焼かれた蟒蛇(うわばみ)があんな声らしいぞ」

両手で耳を塞いだ。

「ほう、佐川殿は蟒蛇が焼かれるのを見たことがあるのか」

盛義が訊く。

「ある……と言いたいが、ま、それは物のたとえだ。それくらい、相国殿の義太夫の声は人智を超えている、と言いたいのだ」

佐川は声を放って笑った。

「なるほどな」

盛義は納得した。

「しかし、我らは耐えねばなりませぬ」

平九郎の決意に、

「そうだ。一致団結しなければならんぞ。なに、酒をがぶがぶ飲んで酔っておけば、聞けるさ。うむ、それでいこう」

と、佐川は応じた。

すると、ずっと口を閉ざしていた矢代が口を開いた。

「佐川殿、それでは悪酔いをなさいますぞ」

「悪酔いしたって構わんさ」

佐川は自暴自棄だ。

「悪酔いして大殿の義太夫に悪態を吐くかもしれませんぞ。悪態で済めばまだしも、義太夫の会を中止させるように暴れ出すかもしれません」

矢代の危惧を、

「ちゃんと、自制できるような飲み方をするから心配ない」

佐川は安心させたつもりであろうが、

「それでは、父の義太夫に対抗はできぬと思うぞ」

盛義に指摘された。

「それも、そうか」

佐川は腕組をした。こりゃ難問だと考え込む。みな、黙り込んでしまった。

やがて佐川が組んだ腕を解き、

「考えていても仕方がないな。成るようにしか成らぬさ」

と、あっけらかんと言った。

「それもそうだ」

矢代は同意した。

平九郎も同感だ。

義太夫の問題はひとまず置き、平九郎は下屋敷への定火消立ち入り問題を話した。

佐川が、

「ああ、そのようだな」

と、二度三度首を縦に振った。

さすが佐川は事情通だ。

「公儀は定火消による火消に励むようです」

平九郎が言うと、

「そのようだな」

佐川はうなずいた。

「どうしてですか」

素朴な疑問を平九郎は投げかけた。

「公儀直轄の定火消どもの意地だな。町火消に比べて、定火消は評判がよろしくないからな」

佐川の答えは平九郎の想像と一致した。やはり、幕府は定火消の評判を高めたいのだ。

「そこでだ、大名屋敷への火付け犯の探索を目付の若林新次郎という男が仕切るようだ。若林は張り切るぞ」

佐川は教えてくれた。

「なるほど、公儀にはそんな企てがあるのですか。まあ、当家も火の元には用心し、類焼には気をつけねばなりません。して、若林殿とはどのようなお方ですか」

平九郎は問い返した。

「若林新次郎、とにかく目端が利く、と評判だ。中奥番から徒頭になって目付に昇進した。目付で終わる気はないだろう。今後は長崎奉行、大坂町奉行、京都町奉行といった遠国奉行か、作事奉行、普請奉行、小普請奉行といった下三奉行はもちろん、やがては勘定奉行、町奉行にもなろうと野心を抱いているに違いないぜ。歳を重ねて出世の階段を上る、などという悠長な気持ちではなく、迅速に駆け上がるつもりだ。八代将軍吉宗公の御代の大岡越前守のように、旗本から大名にまで成り上がる野望を抱いているかもしれんぞ。ま、それはともかく、今回の役目は出世に向け、格好の役回りということだ」

佐川らしい立て板に水の調子で捲し立てると、若林は張り切るぞ、と繰り返した。

次いで

「そうだ」

と、両手を打った。

平九郎がおやっという目を向けると、

「肝心なことを忘れていたぜ」

と、佐川は小袖を腕まくりした。いかにもとっておきのネタを披露するぞ、との意気込みに溢れている。

もったいを付けるようにこほんと空咳(からせき)をすると、佐川はおもむろに語り始めた。

「若林新次郎はな、中々の男前と評判だ。直参旗本の家に生まれなかったら役者になって二枚目の看板を張れる、とも言われておる。そんな若林には妹がいてな。この妹がまた絶世の美女ときているんだ。しかも、和歌を巧みに詠む才長(さいた)けた女性(にょしょう)だ。当然と言うか必然というか上(うえ)さまのお目に留まった……」

若林の妹千代(ちよ)は将軍徳川家斉(とくがわいえなり)の側室となり、数多いる側室の中でもひときわ寵愛(ちょうあい)を受けているそうだ。

「では、若林殿は公方(くぼう)さまも目をかけられておられるのですか」

平九郎の問いかけに佐川は深くうなずき、

「若林は旗本の子弟を集め公儀にない組織を編成して、遊撃組(ゆうげきぐみ)と称しているんだ。町奉行所の頭越しに賭場(とば)を摘発(てきはつ)し、これからは定火消を指揮し、火盗改(かとうあらため)のお株を奪うように火付犯や盗人捕縛を目指すそうだぜ。つまり、町奉行所、定火消、火盗改を跨(また)いだ役目を担おうとしているんだ」

「何故、そんな大風呂敷を広げておるのですか」

平九郎には理解できない。

「出世に決まっているだろう。さっき、大岡越前守の名を出したが若林も大岡のように本気で大名を目指しているんじゃないか」

顎を掻き掻き、佐川は推量した。

「野心家であるのですな……しかし、町奉行所や定火消、火盗改の役目を担うような遊撃組に公儀の中で反発の声は上がっていないのですか」

平九郎の疑問に、「平さん、いいところに気づいたな」と佐川は褒めてから、

「妹の七光だと若林を揶揄する声はあるようだが、上さまの御威光には逆らえないし、加えて賭場の摘発で成果を挙げたんだ。それで、今のところ、表立った不満の声は聞こえないようだな。が、世の中、勝手なもんだ。もしも若林がつまずいたり、しくじったりしたら、これまで世辞を言ったり、機嫌を取ったりしていた連中は掌を返すさ。なまじ、上さまの御威光を背負っているだけに、川に落ちた犬のように袋叩きにされる。そのことは本人もよくわかっているだろうから、必死で役目遂行に励むだろうがな」

佐川の話を聞き、平九郎は若林新次郎への興味を抱いた。幕府の役人と大名家の留

守居役、関わりがないとは言えない。対応に用心せねばならない。佐川が予備知識をくれたことに感謝した。

「若林殿は各大名屋敷に挨拶に訪れるそうです。当家には明後日、下屋敷に来訪されます。大殿と悶着が起きねばよいのですが」

危惧してから平九郎は、自分が若林と面談しなければいけませんね、と反省の弁を述べ立てた。

「早速、明日にも下屋敷に参れ」

矢代は命じた。

「承知しました」

役目ではあるが下屋敷に足を運ぶのは気が重い。

「なに、大殿とて火事に見舞われたくはないからな。若林と対立するようなことはないだろうよ」

佐川らしい楽観した見通しである。

「よかろう」

盛義は言った。

盛義は、通称、「よかろうさま」。家臣の上奏には異論を加えないことからそう呼ばれている。

「火事と喧嘩は江戸の華、というからな」

佐川が言ったように江戸は火事が多い。

小火も含めると江戸時代を通じて千八百件近い火事が起き、大火事と認定されるものでは四十九回、これは大坂の六回、京都の九回と比べてみれば、いかに多いかがわかる。徳川家康が征夷大将軍となり、徳川慶喜が大政奉還をするまでの二百六十四年で四十九回の大火が発生した江戸、およそ五年余りの間に一回の割合である。

これには江戸という町の構造に大きな原因があった。

江戸には百万人を超す人々が暮らしている。町人五十万人と武士も五十万人、その他は僧侶、神官たちだ。武士と町人が半々なのだが、居住空間となると大差がある。江戸における武家地は七割、残り三割の土地を町人地と寺社地で分け合っていた。つまり、五十万人もの町人は江戸の一割五分の土地に押し込められていたのである。

広々とした屋敷に住む町人は大店の商人のみ、ほとんどの町人は長屋暮らしであった。つまり、町人たちは密集した空間で生活を送っており、火事になったら類焼に及ぶのは珍しくなかった。長屋は柱の太さ二寸という安普請、これは火事を前提とした造りであった。

火消の消火活動は火の手から風の方向を見定め、類焼が広範囲に及ばないよう火が向かう家屋を破壊する。この時、鳶口を使って引き倒しやすいよう、簡易な住宅構造になっているのである。

江戸の町は火事が起きやすく密集し、しかももろい造りだったのである。

「とは言っても火事見物が趣味などという不届きな輩もいる。まあ、江戸っ子というのは悪く言えばお気楽、良く言えば逞しいのさ。災難が起きたって腹を括って乗り越えちまうんだからな。もっとも、火事で焼け出されたって持ち出す財産もないからな。宵越しの銭は持たないのが江戸っ子だ」

心なしか佐川は江戸者であることの誇りを示していた。

「とにかく、火事で失われる人命を極力出さないようにせねば」

平九郎は決意を新たにした。

「平さんのことだ。自分のことのように責任を感じてしまうんじゃないか」

佐川は危惧した。

「定火消にできる限り協力しようと思っております」

平九郎らしい生真面目さで返した。

「わかったよ」

佐川は笑った。

「よかろう」

盛義も笑みを浮かべながら言った。

三

翌々日、三日の昼下がり、平九郎は下屋敷に目付若林新次郎の訪問を受けた。幸い、盛清は不在である。というか、前日に平九郎は若林訪問の一件を話し、盛清には面倒事に関わらないよう留守にすることを進言したのだ。

盛清も幕府の目付ごときにあれこれ指図されるのは癪(しゃく)だと平九郎に応対を任せた。火事が発生した際の定火消立ち入りは意外にも好きにせい、と許した。目下(もっか)の関心は義太夫に向けられ、その他のことには無関心なのだ。

客間で若林新次郎と対した。裃(かみしも)に威儀(いぎ)を正した若林は、佐川が言ったように役者のような男前だ。奇(く)しくも、平九郎と同年齢の二十八と聞いている。この若さで幕府の目付とは妹の七光とやっかまれるのも当然だ。ただ、切れ長の目、寸分の隙もない身繕いは七光だけではない才知と神経質さを感じさせもした。

　ほのかに香の匂いが漂っているのは着物に匂い袋を潜ませているのかもしれない。

「先般、大目付殿が御城にてお願いしたように、火事の折には協力をお願いしたい、と存ずる」

　若林は切り出した。

「もちろん、当家におきましても火事への備えは怠っておりません。火の見廻りはもちろん徹底させております」

　慇懃に平九郎は答えた。

「それは感心なことにござるな」

　若林は鷹揚にうなずいた。

「当然のことです」

　平九郎は柔和な顔で返す。

「ところで、火の用心は当然のこととして、火付けをしたけしからぬ者も捕えようと考えておるのです」

　おもむろに若林は言った。

　佐川から得た予備知識で、若林は火盗改の役目も行おうとしている、と聞いていたので驚きはない。

「それは、ご苦労なことです」

平九郎は無難に答えた。

「そこで、拙者はその役目を担う組織を考えておるのです。いや、既に作り、それなりの成果も挙げたのでござる」

誇らしそうに若林は言った。

「しかし、火付けの探索、捕縛(ほばく)は火盗改がおるではありませぬか」

敢えて平九郎が訝(いぶか)しむと、

「むろん、存じており申す。だが、目下火盗改は多忙、そして手が回らぬ。そこで、拙者が作った組織……遊撃組が担います」

力強い口調となり、若林は平九郎を見返した。

「成果を挙げた、と申されましたが……」

平九郎の問いかけに、

「賭場の摘発でござるよ」

得意そうに若林は語った。

若林の組織した遊撃組は幕府の組織を横断する大胆(だいたん)なものだ。

火付けを行った者を捕縛するのは火盗改、火事を消すのは定火消の役目、その両方を担い、加えて鳥見役の役目も代行したのだとか。

鳥見役とは将軍の鷹場を巡視して鳥の群生状態を管理する役目だ。鷹狩りに使う鷹の餌となる鳥の餌付なども行った。

なんとも長閑な、泰平の世らしい役目のようだが、それは表向きの顔である。裏の顔、と言うか本来の役目は大名屋敷の探索にある。と言うのは、将軍の鷹の餌である鳥類が貴家の御屋敷に逃げ込んだ、ついては御屋敷に立ち入って捕獲したい、という名目で大名屋敷に入ることができるのだ。

「拙者、鳥見役の代行を担いました。遊撃組を率い、これまでに芝界隈の大名屋敷、旗本屋敷のうち、上さまの鷹の餌が逃げ込んだ何軒か探索をした。結果、思わぬ副産物を得た……」

おかしそうに若林は微笑んだ。

鷹の餌である雀を探しに入ったところ、何軒かの武家屋敷で賭場が立っていたそうだ。若林は厳重注意で穏便に取り計らった。その代わり、二度と賭場を開帳したら厳重なる処罰が下る、とも脅したという。

「南北町奉行所からは感謝された。芝界隈の博徒どもを締め出すことができた、と」

遊撃組はこの成果によって勢いづき、火盗改の差配下である火付けの捕縛にまで乗り出すのである。町奉行所は感謝した、と若林は言ったが本心かどうかは怪しい。むしろ、自分たちの領分を犯されて良い気はしていないのではないか。南北町奉行が感謝の言葉を述べたとしたら、将軍家斉側室の妹を気遣ってのことだろう。

「若林殿は実に活発なるお方でいらっしゃいますな」

平九郎の賞賛に照れることもなく若林は大真面目に答えた。

「拙者、陽明学を学んでおります。陽明学は知行合一を旨としておるのでな……」

陽明学は中国の明王朝の主流を占めた朱子学に対抗し、王陽明が打ち立てた学問体系である。若林が言ったように、知ることと行うことは別のものではなく、知っているのに行わないのは知らないのと同じ、という命題を掲げている。

「行わなければ知らないのと同じ……という考えですな」

平九郎がうなずくと、

「拙者にとっては座右の銘ですな。よって、拙者は自らの考えを実践しようと身体を張ってきたのでござる。公儀の縦割りの組織ではない、組織を跨る役目がこれからは必要なのですぞ」

語るうちに若林の目元は赤く染まった。

若林の熱意に気圧され、平九郎は口をつぐんだ。

興に乗ったように若林は語り続けた。

「今後、時勢は大きく変わる。天下泰平の世は乱れる。椿殿も御存じであろう。日本近海にはオロシャ、エゲレスなどの西洋の国々の船が出没し、交易を求めておることを」

正面切って若林から問いかけられ、

「むろん存じております」

短く答えるに留めた。

我が意を得た、とばかりに若林は勢いに乗り、

「戦国の世にやって来たイスパニア、ポルトガルは耶蘇教の布教と交易によって日本に近づき、その実、日本を領地にしようと企んでおった。オロシャ、エゲレスも交易を好機として日本をわが物にせんとしておるのじゃ」

若林は話し続ける。

「ルソンがイスパニアの領国となったのは、大永元年（一五二一）のこと、東照大権現さまが将軍宣下を賜った慶長八年（一六〇三）より八十二年前だ。今日まで四百年余りイスパニアの支配下にあるのだ。ルソンばかりではない。天竺の皇帝はエゲ

レスの傀儡となっておる。対岸の火事では済まぬ。このまま指を咥えて海防を怠っておれば、日本はエゲレス、オロシャの属国となる……鎌倉の世の蒙古の大軍を撃退した鎌倉武士の如く、勇猛果敢に立ち向かわねばならぬ。イスパニア、ポルトガルに付け入らせなかった、それどころか奴らを利用し力をつけた信長公、太閤、そして大権現さまのように我ら武士は働かねばならぬ。しかし、今の武士たるや……鎌倉武士、戦国の世の武者のような気概はない」

若林の言葉は怒りから嘆きに変わった。

それにしても、若林は陽明学ばかりか歴史も学んでいるようだ。

言葉が出ない平九郎に気づき、

「あ、いや、つい図に乗って好き勝手に捲し立ててしまい、申し訳ござらぬ」

と、一礼した。

「失礼ながら若林殿は学問がお好きのようですな」

素朴な問いかけをしてしまった。

「拙者、書物が好きでしてな。暇が出来ると、芝三島町の本屋を巡り、気になる書物を買い求めておるのでござる……」

ここで若林は言葉を止めた。

その思わせぶりな態度は嫌でも興味を抱かせる。

「三島町は飯倉神明宮に近く、本屋が軒を連ねておる。贔屓の本屋に立ち寄った帰り、拙者も神明宮を参拝するのだが、神明宮近くには岡場所があり、盛り場となっておる。その盛り場たるや風紀の乱れは甚だしい。耳に入るやくざ言葉からして芝界隈の武家屋敷で賭場が開帳されていることがわかった」

若林は博徒、やくざ者を一掃しようと決意し、芝界隈の賭場を潰すことを考え、遊撃組を組織し、鳥見役の手法で武家屋敷に立ち入り、探索をしたのだとか。

「この上は、目下、江戸を騒がせておる韋駄天小僧三吉一味を捕縛する所存」

若林は決意を示した。

韋駄天小僧三吉一味は、飛脚たちが中心となって盗みを働く盗人集団である。大名屋敷に盗み入るのだが、飛脚たちばかりとあって、逃げ足が速いと評判だった。

しかし、火盗改の奮戦により、三吉一味は捕縛された。

「韋駄天小僧三吉、火盗改が捕縛したのではないですか」

平九郎が問いかけると、

「ですが、捕縛から逃れた者もおる。なにより、火盗改は三吉を斬った、と申しておりますが、拙者は取り逃がした、と見ておる。それに盗み取った金の回収もできておらぬ。拙者は三吉を捕縛し、金を取り戻す所存である」

賭場摘発の成功により、若林は自信を深めたようだ。鳥見役や町奉行所、火盗改のお株を奪うような遊撃組の編成、やはり幕府内で反感を買っているのではないか。

「三吉が生きておる、とお考えの根拠はなんでしょう」

平九郎が問いかけると若林は少し間を取ってから返した。

「今は申せませぬ。拙者独自の探索、とだけしか答えられぬ」

答えにはなっていないが、若林は根拠とする情報を得ているのだろう。

「椿殿にも遊撃組にも協力してもらいたいのでござる」

昂(たかぶ)った気持ちを鎮(しず)め、若林は頼んだ。

「わたしがですか……はて、どのようなお手助けを」

平九郎は首を傾(かし)げる。

「貴殿の武勇(ぶゆう)は耳にしております。虎退治の評判を聞いておりますぞ。貴殿の武勇を役立てて欲しいのです」

若林は笑みを浮かべた。

虎退治とは、一昨年の正月、平九郎が藩主盛義の野駆けに随行(ずいこう)した折に発生した出来事である。

向島の百姓家で休息した際、浅草の見世物小屋に運ばれる虎が逃げ出し、盛義一行を襲った。平九郎は興奮する虎を宥めた。ところが、そこへ野盗の襲撃が加わった。平九郎は野盗を退治する。野盗退治と虎の乱入の話が合わさり、読売は椿平九郎の虎退治と書き立てた。これが評判を呼び、横手藩大内家に、「虎退治の椿平九郎あり」と流布されたのである。

この時の働きを見た江戸家老で留守居役を兼務する矢代清蔵が当時馬廻り役の一員だった平九郎を留守居役に抜擢したのだった。

「遊撃組には手練の方々が加わっておられるのではないのですか」

旗本の子弟で編成されているのだ。それなりの腕を持った者たちであろう。

すると、若林は失笑を漏らし、

「先ほど申しましたように、泰平の世に慣れきった者たちばかりでござる。道場で剣を学んではおりますが、真剣を振るうとなると及び腰になる者が珍しくありません。その者たちに椿殿の武勇……虎を退治した貴殿の武勇を知らしめてやって欲しいのでござる」

再び熱を込め、若林は頼んだ。

平九郎は若林の熱意に真摯な目を向け、

「公儀の御役目に協力するのはやぶさかではござりませぬが、具体的にどのようにすればよろしいのですか」

やや戸惑い気味に平九郎は確かめた。

「遊撃組の夜回りに加わって頂きたいのです」

「火付けの夜回りですな。殿の許しを得て行いたいと存じます」

無難に平九郎は返した。

「ところで、若林殿は何故、大名屋敷ばかりに火付けが行れておる、とお考えですか」

平九郎の問いかけに若林は待ってました、とばかりに語り始めた。

「まずは、考えられるのは愉快犯ですな」

「愉快犯……」

平九郎は首を捻った。

「つまり、火付けには火を付けて喜ぶ不逞の輩がおります。燃える建物、焼け出されて右往左往する者を見て楽しむのですな。ですから、火付けは火事現場に戻る、と言われております」

訳知り顔で言い立てる若林に、

「それは聞いたことがあります」

平九郎がうなずいたところで、

「よって、大名屋敷を燃やすこと自体を喜んでおる、ということですな。つまり、大名屋敷が燃え、焼け出される者を見て楽しんでおる、というとんでもない者ども、ということですが、果たしていかがなものか」

愉快犯と言っておきながら若林の口ぶりは否定的である。

「違う、とお考えか」

平九郎は問いかけた。

「違う、とまで強くは否定できませんが拙者は異なる見解を持っております」

勿体をつけるように若林は言葉を止めた。

「それは」

首を捻り、平九郎は問いかける。

「火付けを行っておるのは韋駄天小僧三吉一味です」

迷いもなく若林は断じた。

「ほう、それは……」

まるで読売が好きそうな話である。生真面目な若林の口から語られることの違和感を抱いてしまった。

「絵空事、とお考えか」

真顔で若林は言った。

「いえ、そういうわけではなく、思いもかけぬお考えでしたので、いささか戸惑ってしまったのです」

若林の機嫌を損なわないよう、平九郎は笑顔を浮かべて返した。

「むろん、草双紙や読売が好みそうな絵空事ではある」

若林は平九郎の目を見た。平九郎は真面目な顔で見返す。

「読売好みと申せば、三吉は大名屋敷から盗んだ金を貧しい者に施しをしておった、とか」

これは読売の受け売りである。

「読売が書き立てておりますな。実際の三吉は施しなどしておりませぬ。盗んだ金は、酒、博打、女、いわゆる三道楽で使い果たしてしまったのですぞ」

若林は苦笑した。

「そうだったのですか」

意外な気はしない。

それが現実なのだろう。

読売を信じた庶民は韋駄天小僧三吉を義賊だと快哉を送った。いや、中にはそれが偽りだと薄々気づいている者もいたかもしれない。嘘だと承知で、そんなことがあったらいい、と夢見たのではないか。

「根も葉もない絵空事であったのですな」

多少の残念さを平九郎も嚙み締めている。

「そういうことですな。おそらくは、読売屋が読売を売るためにそんな作り話をしたのでしょうな。一方、町人どもも、鬱憤晴らしと申しますか、お上や大名に対する反発からそんな盗人の行いを誉めそやしたのでしょう。まさしく、愚かなことですな」

若林の考えに対し、平九郎は論評は避けた。

「拙者が調べたところでは、その三吉一味を操っておる者がおり、そ奴は三吉一味に大名屋敷から金を盗み出させ、火付けを行わせておるのでござる。拙者は闇の頭、と名付けた」

若林は言った。

「ほう、闇の頭ですか……して、三吉一味が大名屋敷から盗むのはわかりますが、何故、火付けを行っておるのですか。その闇の頭の目的はなんですか。愉快犯ではないのですよね」

浮かんだままに疑問を平九郎は投げかけた。

「三吉一味が火付けを行っておるのは、藩邸のうち、下屋敷、中屋敷、蔵屋敷ばかりです。それらの屋敷は市中ではなく、近郊にある場合が多うござる。闇の頭あるいは三吉一味が類焼を危ぶみ、市中の家々に燃え広がるのを心配しておるとは思えませぬ。彼らの狙いは大名家伝来のお宝にある、と拙者は考えております」

若林が言うには父祖伝来の家宝を上屋敷ではなく下屋敷、中屋敷、蔵屋敷に保管している大名家は珍しくはない。郊外であれば、市中よりは火事の恐れが少ないためだ。

「なるほど、火を付け、大事な家宝が持ち出されることに狙いをつけておるのですな」

筋は通っている、と平九郎は思った。

「いかにも、その闇の頭こそが今回の火付け連中を束ねる者、闇の頭も一緒に三吉一味を捕縛致す」

断固とした決意で若林は言った。

平九郎は黙ってうなずく。

すると、若林は声を潜めた。その秘密めいた態度は何か考えがあるようだ。平九郎

が興味を示したのに気を良くしたのか、

「椿殿にはわが心中を明かしましょう。拙者、三吉一味を操る闇の頭はいずれかの大名家の家臣であると考えております」

不穏なことを若林は言った。

「その根拠はなんでしょうか」

平九郎は落ち着いて問いかける。

「火を付けて回っておる大名屋敷は、いずれも韋駄天小僧三吉が上屋敷に盗みに押し入った大名屋敷なのです。これは、偶々ではありませんな」

若林は言った。

「と、おっしゃいますと……」

平九郎は問いを重ねる。

「三吉一味は上屋敷から千両箱を盗んでおるが、お宝は奪っておりませぬ。三吉一味が狙いをつけた大名家はいずれも名門、戦国以前より続く家柄です。三吉はそれ相応の家宝があるはずだ、と盗み入ったものの上屋敷にはなかった、そこで中屋敷、下屋敷、蔵屋敷に狙いを付けたのではないか、と、まあ、推論した次第」

自信満々に若林は己が考えを披露した。

「火盗改に捕縛された三吉一味は闇の頭について白状しておらんのですか」

平九郎の問いかけに、

「頑として口を割りませんな。それどころか、手下どもも、闇の頭について話題が及ぶと怯えた様子になる、とか。また、手下どもには闇の頭の素性は三吉も伝えておらぬかもしれませぬ」

若林は不満げに答えた。

火盗改の取調べについて満足していないのだろう。

「若林殿は火盗改の取調べに満足なさっておられぬご様子……」

平九郎の指摘を否定することなく、

「お見通しですな。拙者、火盗改の取調べは手緩いと見なしております」

それ以上は言わなかったが若林は自分なら徹底して三吉の手下を取調べ、三吉一味の隠れ家、盗んだ金の在処、そして闇の頭を吐かせる、と言いたげであった。

「ところで、わたしを韋駄天小僧三吉一味の捕縛に加えてくださるのはいかなるわけでござりますか」

平九郎は訊いた。

「実は、椿殿の他、牧村監物殿にも加わって頂きます」

若林は言った。

「牧村殿……」

平九郎は呟くように言った。

牧村監物は、越後春日山藩五万石、森上讃岐守正孝の留守居役である。

森上家は盛義の正室、雪乃の実家だ。婚礼、縁談に当たり、平九郎は牧村と幾度もやり取りをした。

練達の留守居役で、仕事の手際も良かった。

「なぜ当家と森上家の留守居役を韋駄天小僧三吉一味の捕縛に加えてくださるのですか」

単純な疑念をぶつけた。

「韋駄天小僧三吉が盗み入った大名屋敷でまだ下屋敷に火が付けられていない御家だからですよ」

当然のように若林は訳を説明してくれたが、

「ええっ」

平九郎には意外、いや、寝耳に水だ。大内家は韋駄天小僧三吉一味に盗みになど入られていない。

「盗みに入られましたな、千両箱一つ、盗み出されたでありましょう」

隠さなくてもわかっている、と若林は言いたげだ。

「いいえ、そのようなことはござりませぬ」

戸惑い気味に平九郎は返した。

実際、盗みに入られてはいない。

嘘偽りではない。

「そんなはずはござらぬ」

若林の顔が曇った。

平九郎は語気を強めた。

「いいえ、盗みに入られておりませぬ」

若林は口を閉ざして平九郎に視線を預けた。御家の体面など気にせず腹を割れ、とその目は言っている。若林に不審を抱かせたままでは留守居役失格である。それに、若林は自分に期待し、自ら創設した遊撃組に参加して欲しいと要望しているのだ。留守居役たる者、幕府との良好な関係を築かねばならないのだ。

若林の信頼を裏切ってはならない。

「若林殿、まこと当家に韋駄天小僧三吉一味は盗みに入っておりません。三吉一味以外にもいかなる盗人にも千両はおろか、一文とても盗まれておらぬのです。御家の体面を思って、表沙汰にしたくないわけではありませぬ。何卒、お疑いなきようお願い申し上げる」

気持ちを乱すことなく、努めて淡々とした口調で平九郎は言い立てた。

若林も冷静なまま、

「三吉一味は火盗改の取調べに対して、盗み入った大名屋敷を白状したのです。その中に大内家上屋敷も入っておりましたぞ」

と、反論した。

「繰り返しになりますが、当家から盗まれた金品はございませぬ。むろん、町奉行所にも火盗改にもそのような届け出はしておりませぬ」

平九郎は繰り返した。

「大名屋敷は盗人に入られても御家の体面を考えて届けを出さないことは珍しくはありませんからな」

若林は疑いを解かない。

「ですが、当家は盗みに入られておりませぬ」

平九郎は意固地になってしまった。

「そうかな」

そなたが知らぬだけのことではないか、と若林の目は言っている。これ以上話しても平行線を辿るだけだ。かといって、盗みに入られてもいないのに、認めるわけにもいかない。

「では、上屋敷に戻りまして、念のためにしかと確かめたいと存じます」

念のため、という言葉を殊更に強調し、平九郎は申し出た。

若林は表情を柔らかにし、

「そうされよ。ひょっとして、椿殿の耳には入っておらぬのかもしれぬからな」

と、言った。

その目は心なしか冷笑を含んでいる。おまえが知らないだけではないか、それでも留守居役かと蔑まれているような気がして、平九郎の胸は嫌な気分に焦がされた。

四

上屋敷に戻った。

江戸家老矢代清蔵に若林との対面について報告しようと思ったが、その前に韋駄天小僧の三吉一味に盗み入られたかどうか、事実を確認すべきだ。

もし事実なら留守居役としての体面に関わる。自分の面目が潰れるのは我慢もできるが、大内家留守居役としての沽券を失っては御家を笑われるのだ。

金蔵を管理しているのは勘定方である。勘定方の頭は、伏見重太郎という年配の家臣であった。禄高三百石、勘定方一筋の能吏である。

勘定方用部屋の隣室で平九郎は伏見と面談に及んだ。

「いかがしましたかな」

目をしょぼしょぼとさせながら伏見は問うてきた。裃に威儀を正し、寸分の隙もなく身繕いしている。

平九郎が答える前に、

「大殿が無心ですか」

苦笑混じりに更に問いを重ねる。

大殿、盛清の趣味に費やす費用は予想外に膨らむ事態が珍しくないため、勘定方では特別に予算を組んでいる。

「目下のところ、大殿は満足なさっておられます」

平九郎は穏やかに答えた。

「義太夫ですので、さほどの金はかからないのですな」

ふんふんと伏見はうなずいた。

ここで油断させてはならない、と平九郎は言い添えた。

「近々、義太夫を大々的に披露なさいます。目下、大殿は下屋敷の大広間に招く方々を選んでおられます。また、当日は豪勢な料理を振る舞われる予定です。仕出しではなく、名のある料理屋から料理人を雇い、選りすぐりの食材で料理をさせるおつもりです」

「なるほど、義太夫だと侮ってはなりませぬな」

伏見は納得してから、

「わざわざ、お訪ねくださったのは、義太夫の会についてお報せくださるためですか」

と、平九郎の親切に礼を述べようとした。

「それもありますが、他に確かめたいことがあります」

平九郎は表情を引き締めた。

こちらが本題なのだろうと伏見は気づいたようで心持ち身構えた。

「韋駄天小僧三吉をご存じですね」

平九郎の問いかけに伏見の目が一瞬ではあるがあらぬ方向に彷徨った。それを見て平九郎は盗みに入られたのでは、と初めて疑いを抱いた。

「三吉に盗みに入られましたな」

平九郎は問いを重ねた。

伏見は唇を噛んだ。

「腹を割ってくだされ」

決して威嚇することなく、平九郎は静かに頼んだ。伏見は顔を上げ、

「申し訳ございませぬ」

と、形相を歪めて詫びた。

「わたしは伏見殿を糾弾する立場にはありません。ただ、真実を確かめたいのです」

平九郎が言葉を重ねると、深々と頭を下げてから伏見は語り始めた。

「一月ばかり前のことでした」

月末に勘定が合わないことが判明した。金蔵を調べたところ、千両箱が一つ失われていた。

「韋駄天小僧三吉参上という書付が貼ってあったと金蔵番の川田から報告がありまし

た……重大な手抜かりです。あってはならない失態でした。わしは咄嗟（とっさ）になんとか隠さねばならない、と思いました。韋駄天小僧三吉などに盗みに入られたとあっては御家の恥であります……あ、いや、それは言い訳というもの。真実はわしの失態を隠すためでござる」

伏見は拳（こぶし）を握りしめた。

決して責め立てず平九郎は次の問いかけに移った。

「いつ、盗みに入られたのですか」

「それが……」

盛義の婚礼で、何しろ、物入りの激しい時期であったことから、金の出が多く、いつ千両箱が盗み出されたのか気づかなかったそうだ。

「随分と悠長だ、と呆れられるかもしれませんが、多忙を極めておりまして……あ、いや、それも言い訳というものですな」

伏見は言った。

婚礼の費用に加え、出入り商人への掛金（かけきん）の支払いも重なった。連日、湯水のように金は出ていったそうだ。伏見は優秀な能吏ではあるが生真面目が過ぎるため、仕事を抱え込むと評判だ。多忙に追われ、抱え込めないほどの仕事をしていたのだろう。

「韋駄天小僧三吉、どさくさに紛れて金蔵に盗み入ったということですね。ということは、夜更けに金蔵の錠前を外して盗み入ったとは限らず、白昼堂々と千両箱を奪い去ったとも考えられるわけですね」

平九郎が念押しをすると、

「いや、いくらなんでも見知らぬ者が金蔵から昼間に千両箱を持ち出せば目立ちます。おそらくは、中間、小者に紛れて金蔵の鍵の蠟型を取っておき、夜更けに忍び込んだのでは、と考えます」

伏見の考えの通りだろう。

平九郎はなるほどと唸った。

「悪事は露見するものですな……いや、その、韋駄天小僧の悪事ばかりではなく、姑息にも盗みに入られたことを隠蔽したわしの悪事も……」

自嘲気味の笑みを浮かべ伏見は言った。

「伏見殿の場合は悪事ではござらぬ。悪意があって盗みに入られたことを隠そうとなさったのではあるまい」

平九郎は理解を示した。

「悪事でなかったのなら保身ですな」

伏見は面を伏せた。

最早、一切の隠し立てはせず、いかなる断罪も受け入れる覚悟を決めているようだ。

「矢代殿のところに参りましょう。わたしも同道致します」

平九郎は言った。

「承知しました」

伏見は腰を上げた。

平九郎は伏見を伴い、矢代と面談に及んだ。

伏見は平九郎には任せず、自分の口から韋駄天小僧三吉に千両箱一つを盗まれたことを報告した。

「まことに申し訳ございませぬ。御家の公金を盗まれた上に、それを隠蔽しようとした罪は勘定方を任せられた者としてばかりか、武士としてあるまじき所業でございます。この上はいかなる責任も負います。どうぞ、存分に御処分ください」

覚悟の上とあって、一気に捲し立てると伏見は両手をついた。

矢代は表情を変えず、「わかった」と一言だけ返した。

「この上は切腹を……」

苦しそうに伏見は言い添えた。

「その必要はない」

矢代は即座に告げた。

「ですが……わしは勘定方としてやってはならぬ胡麻化しをしたのです。万死に値します。武士の情け、何卒切腹をお許しください。お情けをかけて頂くことはありませぬ。平に平に……切腹を願い奉ります」

必死の形相で伏見は訴えかけた。

「そなたの処置は殿の裁可を頂く。殿が切腹、打ち首と沙汰を下されればそのように致せ。尚、これはわしの考えじゃが、殿はそなたを死罪にはなさらぬであろう。そなたのこれまでの当家への功を考えれば、死罪に当たらぬ。厳しく処断された戦国の世にあっても、失態と功、つまり功罪を天秤にかけて沙汰されたのじゃ」

淡々と矢代は告げた。

伏見はうなだれている。

平九郎が言葉を添えた。

「韋駄天小僧三吉一味に千両箱を盗み出されたのは失態です。加えてそのことを隠蔽しようとした所業も許されるものではありません。勘定方の責任者として処罰されるのは当然のことです。ですが、金蔵を管理していた部下がおりましょう」

伏見はがばっと顔を上げ、

「部下の失態は上役の失態です」

腹から絞り出すように返した。

切腹を申し出ているのは部下を庇(かば)うためでもあるようだ。

伏見の心中を慮(おもんぱか)ると哀れみを覚えた。

「伏見殿、忸怩(じくじ)たる思いに駆られておられようが、ここは御家老の申される通りになさるのが大内家の臣(しん)でござりますぞ」

伏見は平九郎を見返し静かにうなずいた。

「ならば、ここで待て。殿に御報告申し上げ、殿の裁可を仰ぐ」

矢代は腰を上げた。

平九郎も従った。

殿の裁可を仰ぐ、と矢代は言ったが、「よかろうさま」の盛義が矢代の意見を無視はしない。矢代は伏見を見捨てる気はない。落とし所を考え、盛義に意見具申(ぐしん)する。

結局、矢代の思惑通りの処分が下されるだろう。

奥書院に行くと盛義が浮かない顔をしていた。

「いかがされました」

つい気になって平九郎は問いかけた。

「奥がな……奥が患っておるのじゃ」

盛義は嘆いた。

奥とはもちろん正室の雪乃である。雪乃は重い病に臥せっているのだとか。盛清が聞けば、雪乃に骨抜きにされたのか、と激怒するだろう。

「それはいけませぬな」

平九郎は医者の診立てはどうだと確かめた。

「医者は、寝ておれば平癒すると申しておるのじゃがな」

憂鬱そうに盛義はため息を吐いた。

「ご心配なことでございます。何か滋養のつく食べ物を……」

平九郎が言ったところで、

「何も食べぬのじゃ……粥すらな」

ため息混じりに盛義は平九郎の言葉を遮った。

「それはいけませぬな」

平九郎がうなずくと、

「だから申したではないか。重い病じゃ、と」

不機嫌に盛義は言った。

申し訳ございませぬ、と平九郎は頭を下げた。機先を制せられた形となったが、

「殿、問題が出来致しました」

普段通りに矢代は盛義に言上した。

「そうか……なんじゃ」

気乗りせず盛義は問い返した。

矢代は金蔵から千両箱一つが盗み出されたこと、勘定方の頭の伏見がそれを隠蔽していた、と報告をした。

「千両が盗まれたじゃと……」

盛義は色めき立った。

「隠蔽を続けようとしておったようですが、伏見は己が罪状を悔い、自ら申し出た次第であります」

巧みに矢代は伏見を庇った。

「そうか……それにしても韋駄天小僧三吉という盗人、騒がせる者どもじゃ」

盛義の怒りは韋駄天小僧三吉一味に向いた。

矢代は続けた。

「伏見は失態を致しましたが、これまでの当家への功を考慮し、減俸というのが適当と存じます」

矢代が言上すると盛義は平九郎を見た。

すかさず、

「わたしも御家老に同意致します」

平九郎も即答した。

盛義はうなずくと、

「よかろう」

と、いつもの台詞を言った。

平九郎はほっと安堵して矢代を見た。

伏見処分の一件が落ち着き、

「そろそろ、お国入りの準備を調えねばなりませぬな」

と、矢代は話題を変えた。

参勤交代で盛義が羽後横手城にお国入りするのは六月である。

「それまでに奥の病が平癒すればよいが」

再び盛義は雪乃を案じた。

盛義には初めてのお国入り、横手藩の領地に足を踏み入れるのである。

気を変えるように、

「平九郎、横手の山は美しいか」

盛義は遠くを見る目をした。

「それはもう、絶景でござります」

平九郎は声を弾ませた。

「であろうのう」

盛義も横手への思いに浸っているようである。

「領内を十分に巡検なさりませ」

平九郎の勧めに、

「そのつもりじゃ」

盛義なりに横手への思いを強くしているようだ。

できれば、盛義のお国入りに従いたいが、留守居役という役目上、それは叶わない。

盛義はそれから横手藩領のことを話題にし、平九郎とやり取りをした。

「叶うなら奥を連れていってやりたいが、それは叶わぬことよな」

盛義が残念がるように、幕府は大名の正室や子供が領国に出向くことを禁じている。

「入り鉄砲に出女」というわけだ。

「奥は自領の越後にも立ち入ることができぬのじゃからな」

複雑な表情となり、盛義は言った。これ以上は幕政批判になる。それは盛義も自覚したようで口をつぐんだ。

「さて、では」

矢代は話を切り上げた。

ともかく伏見の死罪は免れたことに安堵した。

すると、

「畏れ入ります。椿殿」

と、襖越しに甲走った声が聞こえた。

平九郎は廊下に出た。

若侍が真っ青な顔で待っていた。勘定方の川田弥助である。嫌な予感がした。

「伏見殿が……」

唇を震わせる川田の言葉が途切れた。最後まで聞かずとも了解できた。

果たして、

「切腹なさいました」

悲壮な顔つきで川田は報告した。

第二章　韋駄天小僧三吉

一

勘定方の頭・伏見重太郎の死に衝撃を受けたものの、平九郎は立ち止まってはいられなかった。

五日の夕刻、若林を浅草の料理茶屋花膳で接待をした。

花膳は大名家の留守居役たちが会合に使う高級料理屋である。主の娘、お鶴が事実上の女将となって切り盛りをしている。

越後春日山藩森上讃岐守の家臣で江戸留守居役牧村監物と共に若林を迎えた。

牧村は齢五十を超え、二十年に亘って留守居役を務めているだけあって老練さを感じさせる。髪は白髪が目立つものの肌艶は良く、目鼻立ちが整い、若かりし頃の男前ぶりを窺わせもした。

盛義と雪乃の縁談を進めるにあたり、大きな働きをした。

背は低いが無駄な肉がないほっそりとした身体は武芸百般の鍛錬を怠っていないことを物語ってもいた。実際、牧村は直心影流の使い手である。

若林を迎える前に平九郎は牧村と面談をした。

若林から指摘された韋駄天小僧三吉による大内屋敷の金子強奪を平九郎は知らず、若林に否定したということを打ち明けた。親戚筋であるからには味方になってもらいたいという思惑からだ。

牧村は気にすることはない、正直に打ち明ければ若林も不快には思わないだろう、若林は平九郎を当てにしているのだから、平九郎を、責めはしない、という見立てをした。平九郎は牧村の助言に従って、若林に打ち明けることにした。

牧村は練達の留守居役とあって、慣れた様子で若林の杯に酒を満たし、好みの料理をすすめていた。食膳には鮎の塩焼き、鯉の洗い、雉焼など、牧村の指示で若林の好物が饗されていた。

若林は表情を柔らかにし、牧村の話に耳を傾けた。牧村は領国である越後春日山近辺の様子を流暢に語った。抜群の話術は若林ばかりか平九郎も聞き惚れるほどだ。

気楽こと、佐川権十郎も口から先に生まれてきたような男で、落語家顔負けの語りをする。江戸っ子訛りで立て板に水の口調であるのに対し、牧村は囲炉裏端で古老の話を聞くようなほんわかとした温もりに包まれるような話しぶりである。

「拙者もお国に行ってみたくなりましたな」

若林は言った。

蒔絵銚子が空になったのを見計らい、牧村は替わりを頼む。

「若林殿、いや、惚れ惚れとするような飲みっぷりでござりますな」

牧村は笑顔を送る。

「それほどではないが、嫌いではないですぞ」

気分が解れたようで若林は酒が好きなことを認めた。

「当家の国許の造り酒屋、中々の名酒揃いでござります。伏見や灘にも劣りませぬ」

牧村は心持ち、誇らしそうに胸を張った。

「ほう、そうか」

興味をしめしたところで蒔絵銚子が運ばれてきた。さりげなく牧村が受け取り、若林の杯に酌をする。

若林は上機嫌でぐいっと飲む。

杯を食膳に置こうとしたところで、

「いかがでございますか」

　牧村が問いかけた。

「…………」

　若林はおやっとなって牧村を見返した。

「国許の酒でございます。謙信杯、と呼んでおります」

　牧村は平九郎にも勧めた。

　恐縮しながら平九郎は牧村の酌を受けた。牧村は再び若林に酌をする。平九郎は若林と共に謙信杯を飲んだ。

「さらりとしておるのう。すうっと、喉元を通り過ぎてゆく。それでいて、芳醇な後味が残っており申す」

　若林の評に平九郎も首を縦に振った。さすが酒好きを自認する若林とあって、的確な論評であった。

　若林は続いて、

「謙信杯とは上杉謙信公に由来しておるのですな」

「さようです。国許には謙信公にまつわる逸話が沢山語り継がれております。特に、酒にまつわる話は興味深いものがありますな」

牧村の話にわが意を得たりとばかりに若林は深々とうなずき、

「謙信公は大変な酒豪であられたそうな。戦の折も馬上杯、つまり、大杯に並々と酒を注ぎ、馬に揺られながら悠然と飲んでおられたとか」

謙信の酒豪ぶりに目を細めた。

期せずして酒についての談義に花が咲いた。

牧村がちらっと平九郎を流し見た。切り出し時ですぞ、と言いたいようだ。平九郎も目でわかりましたと返してから、

「ところで若林殿、韋駄天小僧三吉の一件ですが、藩邸にて調べ直しましたところ、若林殿のご指摘通り盗み入られていたことがわかりました」

平九郎は申し訳ないです、と頭を下げた。

若林の表情が強張った。

すかさず牧村が、

「いくらやられましたか……」

と、問いかけを挟んだ。

「千両箱一つ……つまり、千両です」

平九郎が返事をすると、

「当家は二千両でした。いやあ、まったく、してやられましたな……大内家の倍とは抜かりもいいところですな」

頭を掻き掻きおどけた調子で牧村は嘆いた。

その様を見て若林は表情を和(なご)ませ、平九郎に語りかける。

「何も貴殿が詫びるようなことではない。悪いのは韋駄天小僧三吉一味じゃ。これで、椿殿も他人事(ひとごと)ではなくなったわけだ。三吉一味を捕縛することに尽くしてくれればよいのでござる」

若林は鷹揚に受け入れた。

牧村の助け舟に内心で感謝した。

「当家の場合、婚礼のどさくさに紛れて土蔵の鍵の蠟型を取られたようです」

牧村が言うと、

「当家と同じ手口ですな」

平九郎は言った。

「まったく、抜け目のない盗人でござりますな」

苦々しそうに牧村は言い添えた。

「森上家は公儀に届けたのですか」

平九郎が訊くと、

「町奉行所と火盗改に届けましたぞ」

平九郎に初めて明かすように牧村は語った。

「当家は黙っておったのです。勘定方が御家の体面を気にしたのと千両を盗まれたことの不手際を隠蔽したのですな」

牧村に前以て話していたことを若林に悟られまいと、平九郎は若林の面前で実情を明かした。

「気持ちはわかりますな」

牧村が助け舟を出してくれた。若林もそれについて咎めることもなく、

「そうじゃな」

と、首肯した。

「三吉の手下が白状したのですか」

平九郎は問いかけた。

「なんですか」

若林はきょとんとなった。

「いえ、当家が韋駄天小僧の三吉に盗みに入られたこと、火盗改の取調べで明らかになった、と若林殿からお聞きしましたので……」

平九郎は問いを重ねた。

若林は苦笑を漏らし、

「あれは正確性を欠いておった。実は、拙者も椿殿から大内家の藩邸に三吉一味が盗み入っておらぬと聞き、よもやと思って火盗改に確かめたのでござる。すると、三吉一味が火盗改の取調べに対して白状したわけではなく、火盗改の役宅に投げ文があったのだそうだ」

事実誤認があった、と若林は訂正して詫びた。

「投げ文ですか……それで、捕まった三吉一味も白状したのですか」

平九郎は言った。

「いいや、白状しなかったな。嘘を吐いておるのであろう」

若林は気にしていないようだが、

「しかし、当家に盗み入ったことを認めようが認めまいが、奴らが死罪になるのは変わりないのでござりましょう」

平九郎は疑問を呈した。

「それも一理ありますな」

牧村も平九郎に同調した。

「まあ、貴殿が申される疑念はあるにはあるが、結果として大内家の上屋敷から千両箱が盗み出されていた事実に変わりはない」

若林は言った。

「若林さまは火盗改に三吉一味が盗みに入った大名屋敷を確かめられたのですな」

平九郎はくどいとは思いつつも問いを重ねた。

「そうじゃ。よって、貴殿も存じておると思ったのじゃ」

若林は言った。

「そうでしたな……しかし、どうして三吉の手下どもは認めないのでしょうか。どうも気になります」

この問いには牧村が答えた。

「韋駄天小僧三吉の手下は大勢いて、大内家には忍び込んではいないのではないか」

ありそうだが果たしてどうだろう。

「そう考えられなくもありませんが……」

平九郎は若林を見た。

「確かに手下は大勢おる。しかし、捕まえた者の中には三吉の右腕と言われる雷太(らいた)がおるのだ」

若林は言った。

「ならば、雷太という盗人が当家に押し入ったことを知らぬはずはありませんな」

平九郎が確かめると、

「雷太は大内家のことは知らぬ、と白(しら)を切っておったようだ」

若林も疑念を抱いたようだ。

「ほう、雷太もですか」

牧村も興味を抱いたようだ。

「引っかかります」

平九郎は改めて疑問を呈してから、

「いや、意地になっておるのかもしれませぬ。自分の知らぬところで盗みに入られた、そのことは今更ながらに悔しい。勘繰(かんぐ)れば、雷太という男、それで、臍を曲げて知らんと言い張っておるのかもしれませぬ」

と、どうにも気がかりだと平九郎は言い添えた。平九郎の気持ちを無視できないと判断したようで、

「改めて、雷太に問うてみるか」

若林は言った。

「雷太はまだ死罪に処せられていないのですか」

平九郎の問いかけに若林はにんまりとして答えた。

「雷太には盗み出した金の在処を吐かせるつもりなのだ。それゆえ、生かしておる」

若林は火盗改に介入しているようだ。三吉の捕縛、盗み出された金の回収、そして闇の頭を遊撃組で召し捕るつもりなのだろう。火盗改は面白くないのではないか。

そんなことを思いつつ平九郎は疑問を呈した。

「当家に盗み入ったことも吐かぬ雷太が、盗み出した金の在処を吐くものでしょうか。あ、いや、若林殿の申されることに逆らってばかりおるようで申し訳ござらん。わたしは、疑念を抱いたことは腹に納めておけない性分です。不快に思われたらご容赦(ようしゃ)くだされ」

若林は鷹揚に平九郎の疑問を受け入れ、

「拙者、他人の考えに耳を傾けることを心がけており申す。耳の痛い意見なほど、耳を傾けるべし、と常日頃より心がけておる。して、雷太についてであるが、貴殿が懸念されたように頑として口を割らぬ、まことにしぶとい男でござる。厳しい取調べ……そう、火盗改の過酷な拷問にも耐えておるようですぞ」

話し終えると苦笑を漏らした。

雷太のしぶとさに加え、火盗改の不手際を嘲笑っているようだ。

「死罪が待ち受けている者が、公儀に利するようなことをするはずがないのでは」

平九郎の考えに、

「まさしくそうじゃな」

牧村も賛同した。

「それはそうだが……」

若林は悩まし気に唇を噛んだ。

「やはり、三吉は火盗改に斬られたのではありませぬか。それゆえ、雷太は白状しないのでは……」

平九郎が三吉生存に疑問を呈すると、

「三吉は生きておる！」

むきになったように若林は言葉を荒らげた。あまりの剣幕に平九郎は口を閉ざした。

おもむろに牧村が口を挟む。

「椿殿、若林殿は三吉一味の探索を行っておられるのです。探索を通じて三吉が生きておる、と確証を得た。探索に携わってこなかった者が軽々しく疑うのはよくないですぞ」

失礼しました、と若林に詫び、平九郎は三吉生存には疑問があるという自説を引っ込めた。

若林は韋駄天小僧三吉一味捕縛と盗み取った金の回収を請け負った。自ら進み出てやってみせる、と幕閣に上申して配下の者を加えてもらったのだ。

勘繰れば、今更三吉は火盗改に斬られたのだとは言えないのかもしれない。引っ込みがつかないのではないか。

それと、闇の頭の存在について若林は幕閣や火盗改に伝えているのだろうか。何処かの大名家の家臣が三吉一味の黒幕、すなわち闇の頭であり、闇の頭の指令で三吉一味は盗みを働いている、とは三吉逃亡と共に若林だけの考えではないのだろうか。

しかとした証拠を若林が握っているのかは不明だし、そもそもどうして若林がそんな考えに至ったのかもわからない。

ひょっとしたら、若林の妄想(もうそう)とまでは言わないが、思い込みなのかもしれない。

いずれにしても、若林は失敗を許されない。幕府の縦組織を横断するような遊撃組を組織したからには、華々しい成果を挙げねばなるまい。

芝界隈の賭場を摘発したくらいでは認められないだろう。

三吉捕縛だけではなく盗まれた金を取り戻してこそのお役目成就なのだ。それだけに、雷太は三吉捕縛と金回収の切り札であろう。火盗改に取調べを任せきりにはしていないに違いない。

まさか、雷太拷問は若林が行っておるとは思えないが立ち会いはしているだろう。拷問にも口を割らぬ雷太に若林もほとほと困り果てているようだ。

「ここは策を用いたらいかがでござりますかな」

牧村が言った。

「策……良策がありますか」

若林は興味を示した。

さすがは聞く耳を持つ男である。

「助けてやる代わりに一味を裏切らせたらいかがですか」

牧村の考えに、

「それはのう……」

若林は難色を示した。

意見は聞くが、無闇やたらと同調はしないようだ。

平九郎が、

「雷太という男を知らぬわたしが申すのは的外れかもしれませぬが、三吉の右腕とも頼まれる雷太が三吉や仲間を裏切るものでしょうか。裏切る気があるのなら、早々に裏切っておるのではないでしょうか」

と、意見を言った。

対して牧村は、

「そうとも考えられるが、厳しい拷問にも耐えておるのは生への執着があるからではなかろうか」

と、返した。

若林は平九郎と牧村の考えを思案するように腕を組んだ。牧村は試す価値はあると若林に勧めた。

「そうでござるな……」

迷う風に若林は返事をした。

「受け入れてくださらぬのは、公儀の面子ですか」

ずばり、牧村は指摘した。

「それもある。しかし、命を助けてやる、と持ちかけても雷太は用心深い男でな」

若林が懸念を示した。

既に雷太には命と引き換えに盗んだ金の所在を教えろと持ちかけたそうだ。しかし、雷太はうまいことを言って、在処を吐いた途端に殺す気だろうと勘繰って提案を受け入れないそうだ。

「なるほど。これは、わしの浅知恵でござりましたな」

牧村はぺこりと頭を下げた。

「手練の盗人、猜疑心が強いのは当然じゃな」

牧村を責めることなく若林は笑った。

二

しばし、酒を飲んでから、

「ならば、雷太を泳がせてはいかがでしょう」

牧村が再び提案した。

若林は興味の目を向ける。

「泳がせるとは……捕縛しておる火盗改の牢獄から脱走させるのですかな。それで、火盗改に追わせる、ということか」

考え考え若林が述べ立てた。

「それがよろしいかと……さすれば、雷太は三吉一味の隠れ家に向かいます。隠れ家には盗んだ金と残党がおりましょう」

牧村は言った。

「しかし、それでは火盗改の落ち度となる。見込み通り、雷太を尾行し、ちゃんと隠し金を見つけ出す、あるいは三吉のねぐらを突き止めることができたのならよいが、そうでなかったのなら、雷太に逃げられたという落ち度のみが残ってしまう。それはまずいな」

目付という立場上、火盗改に失態を演じさせるわけにはいかない。第一、火盗改も承知するかどうか。しかも、三吉を斬った、とする火盗改の功を若林は否定している。

平九郎が危惧したのと同様、

「絵空事ですかな」

牧村も自説を引っ込めた。

「せっかく様々な意見を具申してくれたのに、否定してばかりで申し訳ない」

若林は盃を手にした。

すかさず牧村が蒔絵銚子を手に酌をする。

「これは、座興ですが……」

牧村は前置きをした。

「うむ」

若林は身構えた。

またも牧村は考えを披露しようとしている。戦国の世に生まれていたら軍師になっていたかもしれない。

若林に酌をしてから牧村は言った。

「火を付けるのです」

なんとも不穏な考えに、

「火盗改の屋敷にでござるか。いや、それはいくらなんでも……」

若林は強く首を左右に振った。

命を助けるのと引き換えに三吉一味の隠れ家、盗んだ金の隠し場所を吐かせるよりも実行性に乏しい考えだ。平九郎同様に若林も躊躇うように口をへの字に引き結んだ。

牧村は若林の不安を払拭せんとしてか、あくまで穏やかに話を続けた。

「もちろん、小火、あるいは周辺のみ。これは、内々の秘策ですが、当家の蔵屋敷が火盗改に隣接しております。蔵屋敷に火付けをすればいかがでしょうか。類焼を考え、火盗改は仮牢の囚人どもを解き放ちます」

牧村は提案を重ねる。

火盗改の役宅は本所吾妻橋（ほんじょあづまばし）近くにある。火盗改方頭取、上田久次郎正高（うえだひさじろうまさたか）の屋敷である。その屋敷の北、往来を隔てて森上家の蔵屋敷があった。

実に大胆（だいたん）な提案である。

実際、小伝馬町（こでんまちょう）の牢屋敷は近隣に火事が発生したら囚人たちを解き放つ。但し、集合時刻、場所を言い渡し、それに遅れたり、逃亡すればどんな罪であっても死罪にする。逆に集合を守れば罪一等が減じられた。

「火盗改は獄から盗人を解き放つな」

若林はにんまりとした。

「いかにも」

牧村も笑う。

しかし、平九郎は危惧の念が沸き上がった。

「そう、うまくいきますでしょうか。森上家とて、小火でも被害は受けましょう」

すると牧村はにんまりと笑って、

「もちろん、焼けては不都合な物は置いておきませぬ。それどころか、処分したいゴミを集めて焼いてしまいますかな」

と、笑い声を上げた。

「なるほど、それで被害状況は小さくできるかもしれませぬ。しかし、森上家から出火したとなりますと、いかにも外聞が悪いですし、森上家のどなたかが責任を取らされるのではないでしょうか」

平九郎の心配に牧村は余裕の笑みを浮かべて返した。

「椿殿、お忘れか、韋駄天小僧三吉を……」

「ああ、そうか」

平九郎は両手を打った。

牧村はうなずき続けた。

「韋駄天小僧三吉は盗み入った上屋敷を持つ大名家の下屋敷や中屋敷、蔵屋敷に火を放っております。それは、三吉の右腕たる雷太もよく承知しておるはず。森上家の蔵屋敷が火事になったとしたら、親分の三吉の仕業だと思うでしょうな」

「まさしく」

表情を和らげ若林も賛同した。

「なるほど、火盗改の屋敷に類焼が及ぶのを見込み、火盗改は雷太を解き放つ、というわけですね。となりますと、解き放たれた雷太は三吉と合流することでしょう」

平九郎も納得した。

「では、当家にて小火を起こします」

牧村は自分の献策が受け入れられ、闘志が湧いた様子である。

「これで、韋駄天小僧三吉の捕縛、それに盗み出された金の回収が見えてきたのう」

若林は満足そうだ。

闇の頭を話題にしないのは牧村には伝えていないからだろうか。

「三吉ども、盗んだ金に手をつけておるでしょうが、果たしてどれほどの金が」

牧村は盗まれた二千両を心配し始めた。平九郎とて、千両が回収できることを願っている。それが切腹をした勘定頭へのせめてもの手向けだ。

すると若林が、

「押し入った大名家でわかっておるのは大内家と森上家を含めて五家、総額にして一万一千両だ」

森上家は二千両、他に三千両が二家、二千両が一家である。大内家は千両と一番被害は小さい。

そのことを若林は考えながら、

「韋駄天小僧三吉一味に盗み入られた大名家に対しては被害金額に応じた割合で回収した金から返還するつもりだ。もっとも、大内家、森上家に対しては手間賃として上乗せをするつもりですぞ」

若林の配慮に、

「それはかたじけない」

牧村は頭を下げた。

平九郎も礼を言った。

「ま、捕らぬ狸の皮算用とならぬよう、確実に三吉を捕縛せねばな」

自分に言い聞かせるように若林が言うと、

「こんなことを申すとやる気を削ぐことにもなりかねないのですが、三吉たちはもう江戸から逃亡したのではないでしょうか」

懸念を平九郎が持ち出した。

牧村は黙っている。

若林の目が据わった。

訊いてはならないことを問うてしまったのか、と平九郎は危ぶんだ。

「申し訳ございません。後ろ向きの話をしてしまったようですな」

平九郎は頭を掻いた。

しかし若林は穏やかな表情で、

「もっともな危惧であるな」

と、落ち着いた表情で返した。

「あり得ますな」

牧村も追随した。

平九郎の心配を打ち消すべく若林がおもむろに語った。

「もちろん、街道筋には厳重な警戒を施しております。目下のところ三吉らは探索の網には引っかかっておりませぬ。では、探索の目をかい潜って江戸から逃げ出したのだろうか、とも考えられなくはないが、まず、江戸に留まっておると考える」

「それはいかなるわけですか」

平九郎は問いかけた。

何か根拠がありそうである。

若林は、

「三吉にはまだ江戸でやり遂げねばならない仕事がある」

と、明瞭に答えた。

「当家と森上家への火付けでござりますか」

平九郎は首を傾げた。

「いかにも」

若林はうなずいた。

「なんのためなのでしょう。韋駄天小僧三吉一味は当家や森上家に恨みを抱いているのでしょうか。若林殿は、三吉一味は大名家の家宝を狙っておる、とお考えですが、当家には家宝と呼べる貴重な品々は国許の城内にあります。もっとも、三吉がそのことを知らず、当家の中屋敷か下屋敷、蔵屋敷に所蔵している、と考えておるのかもしれませんが……」

平九郎は牧村を見た。

牧村は首を捻りながら、

「当家も同じく家宝は国許に保管しております。三吉一味の狙いが家宝でないとすると恨みが考えられますが、すぐには見当がつきませぬな。こちらに身に覚えがなくとも、恨みを抱く者からすれば何らかの遺恨があるのかもしれぬ。人の恨みは噂同様に戸が建てられぬものだ」

と、返した。

「当家や森上家所縁の者でしょうか」

平九郎の推察に、

「心当たりはないですかな」

若林は淡々とした調子で問いかけた。

「それは……」

平九郎の脳裏に一人の男が浮かび上がった。大殿、盛清の不興を買って御家を去った男、棚橋作左衛門である。

一月前に逐電したのだった。

棚橋は乱暴者で周囲から持て余されていたのは事実だ。下屋敷での清掃作業を手伝った際、盛清が義太夫を唸っていた。棚橋は盛清と気づかず、散々に悪態を吐いた。

「獣の雄叫びだぞ！」

などと色めき立って罵ったそうだ。

それは盛清の耳に届き、逆鱗に触れた。この時、棚橋を庇い立てする者はいなかった。盛清を恐れてのこともあるがそれ以上に日頃の棚橋の乱暴ぶりが不興を買っていたからだ。

棚橋が大内家を去る際に、彼を惜しむ者はいなかったのだ。

棚橋は藩邸を去るにあたって悪態を吐いたそうだ。大内家に恨みを呑んでいる者、しかも、大内家の横手藩邸の内部事情を知る者という点を考えれば、まさしく該当する者だ。

加えて……。

棚橋は健脚で知られていた。

郡方の役人として、大内家の国許、羽後横手領内で役目を遂行して駆け回った。文字通り棚橋は誰にも負けず見て回った。城下から代官所への往復、平士であった棚橋は徒組であったため、馬には乗れず徒で移動した。

しかし、上士への対抗心剝き出しで、自らの足で馬にも負けない迅速さで領内の伝令を行っていたのである。

大内家の所縁の者で韋駄天小僧三吉一味に加わる者として真っ先に名前が挙がる。

いやいや、そうした色眼鏡で見てはならない。

棚橋は郡方の役目に熱心だった。熱心の余り、上役と衝突することもしばしばあったそうだ。江戸詰めになったのは上役が棚橋を厄介払いしたい、という思惑もあったとは家中では公然の秘密だった。

平九郎は何度か言葉を交わしたことがある。飾らない人柄で敬語もろくに使えないが反面朴訥というか素朴な男だと好感を抱きもした。表裏のない面もあり、いわゆる世渡り下手の印象である。

主観に過ぎるのかもしれないが他人の物に手をつけるようには思えなかった。

状況と人柄、どちらに重きを置くかで棚橋への疑いは違ってくる。

昂った気持ちを落ち着け、平九郎は若林に問いかけた。

「韋駄天小僧の三吉一味の中には侍がおるのですか」

平九郎の問いかけに、

「何人かおる。そして、このことは内密にしておるのだが、一人は鑓を使い、一人は長弓を使い、一人は鎖鎌を使うそうだ」

若林は答えた。

平九郎は内心で唸った。

棚橋作左衛門は鑓の名手であった。益々、棚橋が三吉一味に加わった疑いが濃くなった。棚橋のことをこの場で告げるべきか。

平九郎が迷っていると、

「やはり……当家を去った者が二名、弓と鎖鎌を得意としておりましたな」

牧村が言った。

公金に手をつけて藩を追われた二人の家臣が弓と鎖鎌を得意としていた、と話した。

「時節柄、怪しくありますな」

牧村は言い添える。

若林は平九郎に確認の目を向けた。

こうなっては、隠し立てはできない。

「当家にも……」

心当たりがある者がいる、と打ち明けてから、

「あ、いや、確信はありませぬ」

と、躊躇いも示した。

棚橋は乱暴者ではあったが盗人一味に加わるようには思えない。その不安が言葉に出てしまった。

若林は平九郎には問いを重ねず、牧村に向いて質した。

「森上家中を追われた者たち、腕は立つのでしょうな」

若林は自分の腕を叩いた。

「二名の者、いずれも一角の武芸者でありましたな。ただ、酒と博打に身を持ち崩し

たと耳にしております。博打と酒に使う金を得るため、御家の公金に手をつけたのです。当家の恥さらし……まことに情けない」

首を左右に振り、牧村は嘆いた。

若林は平九郎に視線を移した。

平九郎が口にした男の腕も確かめている。

曖昧（あいまい）な返答は若林の疑念を誘うだけだ。

「鑓の腕は当家では一でした。もちろん、当家を去った者だとしたらですが」

平九郎には棚橋が盗人に加わったとはどうしても思えない。

「三吉一味に手練の武芸者が加わっておる可能性は高いですな。ですが、拙者は心配しておりませんぞ。牧村殿も椿殿も武芸達者ですからな、なんら恐れるものではござらぬな」

若林は平九郎と牧村を持ち上げた。

「お任せください」

牧村が自信を示した。こうなっては、平九郎も、

「お任せくだされ」

と、言わざるを得なかった。

三

若林が先に帰り、平九郎と牧村は残った。

「牧村殿、さすがは練達の留守居役であられますな」

平九郎が褒め上げると牧村は穏やかな笑みを返し、

「なんの、年月を重ねておりますのでな。椿殿も歳を取れば自然と身につく」

「精進せねばなりませぬ」

謙虚な姿勢を平九郎は取り続けた。

「矢代殿を見習えばよき留守居役となりましょう」

鷹揚に牧村は言った。

次いで、

「大内家では勘定方の責任者が切腹なさったとか」

と、牧村は痛ましいと言い添えた。

「そうなのです。大変に責任感の強い御仁で、殿も長年の功に照らして軽微な処罰をお考えだったのですが」

伏見切腹の様相が脳裏に蘇り、平九郎は歯嚙みした。

「えてして、真面目な者ほど、責任を取ろうとし、無責任な輩ほど、知らん顔を決め込むものです」

牧村の言葉には説得力がある。

平九郎も同じ思いだ。

「ところで、姫さま、お健やかにお過ごしでござりますかな」

牧村の目が細まった。

「いたって」

思わず平九郎も笑みがこぼれた。

「山城守さまや大内家のみなさまにご迷惑をおかけしておられるのではござりませぬか。何しろ、お転婆でいらっしゃいましたからな」

「迷惑など、そんなことは微塵もござりませぬ。少々、活発な奥方さまでいらっしゃいますが、藩邸が明るくなったと、みなが歓迎をしております」

平九郎は言った。

「ならば、輿入れは良かったと考えてもよろしいですな」

牧村もうれしそうだ。

ここで平九郎は雪乃の病について訊いてみようと思った。奥医師は身体に異常はないと診立てている。滋養の付く物を食べ、寝ていればいいのだそうだ。

「立ち入ったことを訊きますが、雪乃さま、このところ食欲をなくされておるのです。殿は心を痛められております。何か好物でもあれば、と思うのですが」

平九郎が訊くと、

「雪乃さまは甘い物には目がないのですがな」

思案するように牧村は言ってから雪乃には母親から持たされた薬があるのだそうだ。

「その薬をお飲みになればよいのじゃが、何しろ飲みにくい、かと申して他の薬は受け付けぬ」

その薬を飲ませるのは雪乃が森上家にいた頃、それは難事であったそうだ。森上家にいた頃は、雪乃の乳母役を務めていた奥女中がうまいこと言いくるめて飲ませたそうだ。しかし、奥女中は宿下がりをしてしまったそうである。

「畏れ入りますが、その奥女中殿のお名前とお住まいをお教え頂けませぬか」

「それは構いませぬが、半年前に亡くなりましたぞ」

牧村に返され、平九郎は唸った。

「では、その秘薬をお飲み頂くよう努めねばなりませぬな」

平九郎は腕を組んだ。

ここで牧村は苦笑した。

訝(いぶか)しむ平九郎に、

「大内家の大殿、雪乃さまとの縁談、反対なさった、とか」

牧村は真顔になった。

「あ、いや……」

痛いところをつかれ平九郎は口ごもった。

すると、牧村は気遣うように笑みを広げ、

「いやいや、大殿が反対なさったのも無理からぬこと。森上家と大内家では家格、石高、釣り合いが取りませんからな。森下家でござる」

盛清が森上家を森下家と蔑んでいることが牧村の耳にまで達しているようだ。顔から火が出る思いとなり、平九郎は牧村をまともに見られなくなった。

牧村は雪乃が無類の甘党だと言い残して帰っていった。

一人、ぽつりと残り平九郎は様々な思案に暮れた。

そこへ、花膳の娘、お鶴が入って来た。

「名は体を表す」の言葉通り、お鶴は鶴のような長い首と、細面(ほそおもて)の瓜実顔(うりざねがお)、白鶴の優雅さを漂わせている。それが酔っ払い武士にもたじろがない堂々とした態度と相まって高級料理茶屋の女将の貫録を示していた。

平九郎の悩まし気な様子を見て、

「椿さま、いかがなさいましたか。お料理がお口に合いませんでしたか」

と、危ぶんだ。

「いや、いつもながら美味しく頂いた……」

生返事をしてから、

「ああ、そうだ。苦くて苦くて仕方のない薬があるとする。その薬、いかにして飲む」

と、お鶴に問いかけた。

「それは……お薬ですもの、我慢して飲みますわ。息を殺して、とかはしたないですが鼻を摘まんだりとか」

お鶴は自分の鼻を指で摘まんだ。

「では、嫌がる子供に飲ませるにはいかにする」

無礼は承知で平九郎は雪乃を、駄々をこねる子供だと想定した。

「無理に飲ませるのは考えものですね」

まずお鶴は子供の立場に立った。

「この際、そこのところは考えないで欲しい。どうしても飲まないと、命にかかわる、としたらどうだ」

平九郎の言葉にお鶴は目を丸くし、

「まあ、ひょっとしてお世継ぎさまが患われたのですか……あ、違いますわね。山城守さまはつい先だって婚礼を挙げたばかりですものね。それとも、御側室さまがお産みになられたお子さまですか」

気を回したお鶴に、

「いや、殿のお子ではない。殿は側室もお子もおられぬ」

きっぱりと平九郎は否定した。

「では……」

お鶴は困惑したが、大内家の内情に立ち入るのは遠慮すべきと判断したようで、

「薬だから頭ごなしに飲ませるのはよくないと思います。却(かえ)って意固地になりますわ。ですから、薬を何か甘い物と一緒に……少々、お待ちください」

お鶴は座敷を出た。

何か工夫をしてくれるようだ。

期待して待つことしばし、お鶴は薬の飲ませ方を記した書付を持って戻って来た。

「くれぐれも、無理強(じ)いはいけません」

お鶴の念押しにうなずき、平九郎は書付に目を通した。

よし、これならうまくいくかもしれない。

平九郎はお鶴に感謝をした。

花膳を出た。

夜風が酒で火照(ほて)った頬に心地よい。梅雨(つゆ)を迎えるまでの時節、萌える若葉と青空を楽しもう、と平九郎が思った時、

「だあ！」

大音声(だいおんじょう)が耳をつんざき強烈な殺気を感じた。

次の瞬間、平九郎目がけて長鑓が飛来した。

間一髪、平九郎は身を伏せると、鑓は平九郎の頭上すれすれをかすめ、後方に植えられた柳の木に突き立った。

腰を屈(かが)めたまま平九郎は大刀の柄(つか)に右手を添え、周囲を見回した。往来に一人の侍が立っている。月明りに浮かぶその顔には見覚えがあった。

「棚橋作左衛門殿だな」

平九郎は柄から右手を離した。

大殿盛清の勘気を被り、大内家を逐電し、韋駄天小僧三吉一味に加わったと疑われる男だ。

六尺近い長身、がっしりとした屈強な身体は柳に刺さった長柄の鑓を操るにふさわしい。戦国の世に生まれたなら際立った鑓働きで数多の功を挙げただろう。

浪人暮らしをしているようで月代、髭は伸び放題だが小袖と袴はこぎれいなことから、暮らしに不自由はしていないようだ。だからといって三吉一味に加わったとは決めつけられないが……。

「椿平九郎、大殿や殿の腰巾着と思っておったが、武芸の心得があるようだな。虎退治の話は眉唾と疑っておったが、案外本当のような気がしたぞ」

棚橋は肩を怒らせ語りかけてきた。

「わたしの腕を試したのか」

不快な気持ちを押し包み、平九郎は確かめた。

「そうだ。殺す気なら声などかけぬ」

呵々大笑し、棚橋は平九郎の横を通り抜け、柳に刺さった鑓を引き抜いた。

「大内家を去って何をしておられるのだ」

平九郎が問いかけると、

「余計なお世話だ。少なくともわけのわからぬ大殿の趣味に振り回される暮らしではない。思う存分、鑓を振るっておるさ」

棚橋は鑓の石突きで地べたを二度、三度突いた。

「韋駄天小僧三吉一味に加わっておるのですか」

ずばり確かめた。

「大内家ではそんな噂が立っておるのか。まったく、ろくな奴らがおらんな。まこと、大内家を去ってせいせいする。椿、精々、大殿の機嫌を取っておれ、この茶坊主が」

憎々し気に言い放つと棚橋は脱兎の如く駆け出し、あっという間に闇に消えた。

まさしく、韋駄天のような健脚だ。

口ぶりでは三吉一味には加わっていないようだが果たして真実はどうか。

それに、鑓働きのできる暮らしとは何だろう。棚橋が大内家と平九郎を嫌悪しているのも気にかかる。

今後も棚橋作左衛門との関わりは切れないだろう。

藩邸に戻り、平九郎は矢代と盛義に若林との会食の様子を語った。盛清も同席をした。

盛清は、

「清正、当家の名誉のためにも一番手柄を立てるのじゃぞ」

と、念押しをした。

「承知しました」

平九郎は両手をつき挨拶をした。

「それで、牧村が申した策でうまくいけばよいがな」

平九郎を叱咤激励する一方で盛清は懐疑的な考えのようである。

「大殿は、雷太が三吉と合流などせぬとお考えですか」

平九郎の問いかけに、

「そうじゃ」

盛清は決めつけた。

いつもながら、自信たっぷりの様子である。

「それはいかなるわけでございますか」

平九郎の問いかけに、

「雷太という盗人、火盗改の拷問にも口を割らぬそうではないか。当家から千両を盗んだことも白を切っておるのじゃぞ。盗人としては筋金入りの男じゃ、そうやすやすとこちらの思惑通りに動くものか」

盛清の言うことも一理ある。

「まさしく、当家に盗み入ったことを頑として認めぬようです。意地を張っておるのかもしれませぬ」

という平九郎の推測に、

「白状せぬのは、そこに何かわけがあるのではないのか。雷太が盗人としての体面を気にしてだけのこととは思えぬな」

盛清は勘繰り始めた。

「それは、どのような」

平九郎が問い直すと、

「それを考えよ、と申しておるのじゃ」

顔をしかめ、盛清は言い立てた。

こうなると、盛清は納得するまで引き下がらない。いい加減な対処は許されないのである。

「さて……まず、当家から盗まれた千両というのは他家に比べればもっとも低い金額でございます」

他家は二千両か三千両を韋駄天小僧三吉一味に盗み出されていることを平九郎は伝えた。

「金蔵に千両箱一つしかなかった、ということはあるまい」

盛清はおかしいのうと首を捻って、「のっぺらぼうはいかに思う」と矢代に問いかけた。

「金蔵にはむしろ、いつもよりも余計に千両箱がござりました。殿と奥方さまの婚礼が調いましたのでな、国許より為替手形を送らせ、江戸の両替商で金子に替えたばかりでした。それが、千両箱一つで三吉一味が引き上げたとは確かに妙ですな。盗人ゆえ、遠慮した、などということはあり得ませぬ」

無表情ながら妙案が浮かばず、矢代は苦悩を示した。

「当家に親しみを覚えておるのかのう」

盛清は笑い声を上げた。

「石高に応じて……ということでもなさそうです」

平九郎は、他家は大内家より少ない石高だと言った。

次いで、言わずにおこうかと思ったが、この際だ。盛清の義太夫への戒めにもなるかもしれない。

「当家への気遣いという点につきましては、一つ心当たりがございます」

平九郎が前置きをすると、

「なんじゃ」

盛清の注意を引いた。

「大殿は覚えておられましょうか。一月ほど前、当家を追われた棚橋作左衛門のことを」

平九郎が問いかけると、

「棚橋……はて、誰じゃ」

盛清は首を捻った。

平士のことなど一々覚えていないのか、と平九郎は不満に思ったが、ここは心を鎮めて説明を加える。

「大殿の逆鱗に触れて御家を去った者でございます」

「わしの怒り……はて、誰かのう」

まだ盛清は思い出せないようだ。

盛清は癇癪持ちだが、あと腐れのないさっぱりとした気性である。家臣を叱責するのは珍しくはない。また、分け隔てなく家臣どころか奉公人にも接する。中間、女中にも気さくに声をかけ、冗談を言う。

それゆえ、棚橋を叱責したことも忘れているのだろう。

「大殿の義太夫に対し悪口雑言を吐いたということでお怒りに触れ……」

ここまで説明したところで、

「ああ、あの無粋なる男か。義太夫の情もわからぬ、まったくもって見下げ果てた男であった。わしの叱責を受けるのは当然じゃが……あの男、当家を去ったのか」

意外にも盛清は棚橋が大内家を去ったことを知らないようだ。

「大殿の御意向で御役御免にしたのだと耳にしましたが……」

平九郎が問い直すと、

「いや、わしは首にせよとまでは申さなかったぞ」

盛清は言った。

「では、家中の者が大殿のお気持ちを忖度して、棚橋に暇を出したのかもしれませぬ」

平九郎は言った。

「しかしのう……」

盛清は首を捻った。

「いかがされましたか」

平九郎が問いかけると、

「わしが叱責したからと申して一々首にしておったらきりがないぞ」

盛清は自分の人柄をよくわかっているようだ。

「それが、棚橋は日頃より素行がよくなく、家中で厄介者扱いをされておったようです」

「すると、棚橋はわしの叱責に便乗して厄介払いされたということか……」

盛清は渋面となった。

自分の行いに対する後悔を感じているのだろう。

「義太夫も程々になさるのがよろしい、かと」

遠慮がちに上申すると、

「たわけ！」

盛清は気色ばんだ。

怒りの炎に油を注いでしまった。

「わしはな、義太夫を通じて人の情、人としての在り方を伝えようとしておるのじゃ。悪いのは義太夫ではないぞ。清正、心得違いも大概(たいがい)にせい」

「申し訳ございませぬ」

最早、逆らえない。

嵐が通り過ぎるのを待つよりない。盛清は息を荒らげたが段々と静まっていったようで、

「清正には特別に義太夫を語り込んでやる。さすれば、そなたにも情というものがわかるであろう」

最悪の結果になってしまった。

しかし、ここは甘んじて受けねばならない。

「ありがたき幸せに存じます」

平九郎は声を励ました。

留守居役となってから、いや、大殿盛清の身近に接するようになってから、つくづく表裏に顔が出来たようで、人間が悪くなったような気がしてならない。

「うむ、よかろう」

すっかり、盛清は機嫌を直した。

ここで盛清の関心は韋駄天小僧三吉一味に戻った。

「まったく、妙な者どもじゃのう。もっとも、当家の被害が少なかったのは結構なことなのじゃがな。いや、そうとも申せぬな。盗みなどされぬに越したことはないのじゃ。領民どもが汗水垂らして納めた年貢であるのじゃからな。一両、いや、一銭たりとも盗まれてなるものか」

語るうちに再び盛清は激した。

それなら、飽きっぽい趣味などなさらぬがよい、と思っているのは平九郎だけではないだろう。そんな平九郎の思いなど、何処吹く風、盛清は韋駄天小僧の三吉について悪態を吐いた。

ここで平九郎は棚橋作左衛門に話題を戻した。

「その棚橋が韋駄天小僧三吉一味に加担しておるかもしれないのです」

「おのれ、裏切り者めが。だから申したであろう。義太夫の情のわからぬ者にろくな奴はおらん、と」

盛清が怒りを示した後に矢代はあくまで冷静に問いかけた。

「棚橋は当家に恨みを抱いて三吉一味に加わり、三吉一味を手引きして盗み入ったということか」

「そうかもしれませぬ。金蔵の錠前の蠟型を取ってから御家を離れたということは考えられます。妙な言い方ですが千両箱一つで盗みを済ませたのは禄を食(は)んだ当家への遠慮、後ろめたさかもしれません。それゆえ、他家に比べて当家の被害金額が少ないと考えられます」

平九郎の考えに、

「何が遠慮じゃ、何が後ろめたさじゃ。千両であろうが一万両であろうがあるいは一両であろうが、盗みは盗みじゃ。そこに善悪の大きさはない」

盛清の言い分は正論である。

「大殿のおっしゃる通りと存じますが、棚橋にしてみたらそれが最低限の忠義であったのかもしれません……もっとも、臆測(おくそく)に過ぎませんが」

結局、自信のなさを示すことになってしまった。

矢代が、

「他家に比べて低い、千両という盗難金額に対する椿なりの考えを示したのであろう。棚橋が三吉一味に加わっておるのかどうか、加わっておるとして椿が考えるように棚橋が当家に遠慮して千両しか盗まなかったというのは腑(ふ)に落ちぬ。やはり、盗人というものは一両でも多くを求め、しかも、捕まらぬことを天秤にかけて盗みを働くものじゃ」

「すると、千両だけしか盗まれなかったのには、何か深いわけがあると考えるべきでしょうか」

平九郎の疑問に、

「おそらくは、大きな事情があったに違いない」

矢代も言い添えた。

「のっぺらぼうの申す通りじゃ。清正の考え通り、棚橋に当家への遠慮があったとしても、三吉一味は承知すまい。千両だけで済ませるはずはないぞ」

盛清も賛同した。

指摘されればされるほど、平九郎も納得せざるを得ない。

となると、千両しか盗まれなかったという事実が益々、謎めいてしまう。

わからない……。

すると、

「もう一度、一から考えてみることじゃな」

矢代が言った。

「承知しました」

平九郎は引き下がった。

盛清もうなずく。ここで盛義が、

「ところで、当家が千両しか盗まれなかったというのは誇っていいのか、それとも、恥入るべきなのか」

と、疑問を投げかけた。

「それは……」

盛清が答えようとしたが、判断がつかないようで口を閉ざした。

盛義は続けた。

「よく、火事の際には商人どもは見舞金をいくら出したかを競うそうじゃ」

と、言った。

江戸は火事が多い。

また、復興も早かった。復興にあたって、町奉行所の救済措置もあったが町人たちが自力での復興も力強く行われた。その際に、大店の商人たちは町会所に多額の寄付をした。分限者たる者は災害には役に立つべし、という精神があったのと、町会所には寄付金の金額が名前と共に貼り出されることから、寄付行為は商人としての沽券に関わることであったのだ。

するとと盛清が、

「まさか、韋駄天小僧三吉が大名屋敷ごとにいくら盗み出したのかなど表沙汰にはなるまい。よしんば、無責任な読売がそんなことを書き立てたとて何ほどのことがあろう」

と、強がった。

「ですが父上、物見高い江戸の者どもは何でも番付にするそうですぞ」

盛義が言ったように、この時代、相撲の番付表に見立てて様々な事物を番付にして楽しんだ。料理屋、酒、魚などの嗜好品から古今東西の剣豪や仇討ちなども番付にされた。

「番付表にするほど、三吉一味は沢山の大名屋敷に忍び込んでなどおらんぞ」

盛清は鼻白んだ。

「父上、わたしが申したいのは番付表とまではいかなくとも、盗まれた金額をネタに面白がるのではないか、ということです。当家は千両しか盗まれておらぬ、大内家の金蔵には千両しかなかった、などと当家を愚弄する声が聞かれやしないか、と心配しておるのです」

盛義は言い立てた。

奥方を娶(めと)ったためか、盛義は盛清相手にも自分の考えを述べるようになった。

「清正、どう思う」

盛清は平九郎に話を向けてきた。

「殿の危惧、至極(しごく)ごもっともと存じます。たとえ、そのようなことで評判が落ちましたとしても、韋駄天小僧三吉を成敗(せいばい)すれば、悪評は吹き飛びます」

平九郎の意見を、

「よう申した」

珍しく盛清は誉めた。

「そうか……なるほどのう」

盛義も納得したようだ。

つくづく厄介な盗人である。

「ところで、若林新次郎というお方、野心満々のお方でござります」

平九郎は言った。

「目付というのはそういうものじゃ」

盛清は当たり前のことを言うな、と吐き捨てた。

「ところが」

平九郎は敢えて異を唱えようとした。

「どうしたのじゃ」

盛清も気になったようだ。

「これはわたしの勘なのですが、若林殿は大きな手掛かりを欲しております。それは、当たり前ではない手柄です」

「だから、韋駄天小僧三吉一味を捕縛したがっておるのじゃろう」

盛清の言葉にうなずきながらも、

「それだけではないような……」

平九郎は言った。

「だから、なんじゃ」

盛清も興味を抱いたようだ。

「たとえば、大名家の改易……」

思いつきだが平九郎は言った。

それまで黙っていた盛義だったが堪らずといったように、

「まさか……」

と、反発した。

盛清もうなずき、

「殿の申す通りじゃ。目付如きが大名を改易になど追い込めるものか」

と、大きな声を出した。

矢代が、

「その根拠は」

と、平九郎に問いかけた。

「若林新次郎というお方、わざわざ公儀の枠組みを超えた役目をなさろうとしております。目付としての役目を卒なくこなす、などというお考えはないようです。それは、取りも直さず、大いなる野心のためです。一日も早く昇進したいのでしょう」

平九郎の言葉に矢代が、

「出世のために、大名の改易などという大それたことを……。しくじれば取り返しのつかないことになる企てなどするものか。出世はおろか目付を辞し、二度と日の目は見ない道を行かねばならぬのじゃ」

と、反論を加えた。

「そうじゃ」

盛義も賛同した。

「いかにも、仰せの通りにござります。ですが、若林殿は妹の七光という陰口を叩かれております。遊撃組という公儀に前例のない組織を担うことでそんな陰口を吹き飛ばし、出世を確実にしたいのではないでしょうか」

平九郎の若林評を以って会合はお開きとなった。

平九郎が辞去しようとしたのを、

「平九郎、待て」

と、盛義が引き留めた。

きっと、雪乃のことに違いない。

平九郎は盛義に向いた。

果たして、

「奥のことじゃが」

と、切り出した。

四

「森上家留守居役、牧村監物殿に雪乃さまの病につき、相談を致しました」

平九郎は返した。

「そうか、して」

盛義は半身を乗り出す。

「牧村殿が申されますに、雪乃さまには幼き頃より、神経の病があり、一旦、その病を患いますと頑として食べ物を召し上がらないのだとか。それを改善するための妙薬をお持ちだそうです」

平九郎が伝えると、

「なんじゃ、薬があるのか。それなら、その薬を飲ませるよう侍女に命ずるとしよう」

ほっとしたように盛義は言った。

「ところが、その薬、良薬は口に苦しのたとえ通り、はなはだ飲むのに苦痛なものだそうです」

「ほう、そうか。しかし、薬であるからにはまずかろうが飲むしかあるまい」

盛義の顔が曇った。

「その通りなのですが、それが雪乃さまは頑として受け付けぬのだそうです」

「しかし、その薬はこれまでに効能を発揮したのであろう」

盛義は苛立ちを示した。

「それは乳母によって飲まされたのだそうです。その乳母でないと、雪乃さまに薬を飲ませることはできない、とか」

困ったものです、と平九郎は言った。

「ならば、乳母に来てもらおう」

盛義は言った。

「ところが、乳母は亡くなったそうです」

「なんじゃと」

一瞬にして盛義は落胆した。

「ですが、お任せくださりませ。苦い薬も工夫次第では飲んで頂けると存じます」

「そうか。工夫できるのじゃな」

盛義の目は期待に彩(いろど)られた。

平九郎は頭を下げてから書院を出た。

すると矢代が待っている。

「話がある」

と、平九郎を誘った。

矢代がわざわざ二人きりで話そうというだけで危機意識を覚える。表情を引き締め矢代について空き部屋に入った。

「韋駄天小僧三吉一味による当家の盗み、そなたが考えるように違和感を覚える」

矢代は切り出した。

「当家のみが千両と少ない金額という点ですか」

平九郎が問い直すと、

「それもあるが、それよりも火盗改に投げ文があったという点だ」

矢代らしく淡々とした答えぶりである。

「なるほど」

平九郎もうなずく。

「一体、何者が行ったのであろうな」

問いかけながら矢代は答えを持っているようだ。

「それはわかりません」

矢代の答えを求めるように平九郎は問いかけをした。すると矢代も盛清同様に、

「考えてみよ。まずは、投げ文は何のために行ったのか……」

と、盛清のような頭ごなしではない矢代らしい淡々とした口調で言った。

しばし思案の後、

「投げ文を行ったのは、韋駄天小僧三吉一味は羽後横手藩大内家の上屋敷からも千両を盗んだと」

ここまで平九郎が言うと、

「違う！」

ぴしゃりと矢代は制した。

はっとして口ごもると、

「千両とは投げ文に書いてはいなかったのであろう」

矢代に指摘され、

「そうでした。投げ文には三吉一味が大内家上屋敷に盗みに入ったとだけ記されていたのでした」

平九郎の額から汗が滲んだ。

まるで口頭試問を受けているような気分に晒された。

「では、投げ文の主は三吉一味が当家にも盗みに入ったという点のみを火盗改に報せたかったということになる」

矢代は続けた。

「そうなります。投げ文の主は何のために火盗改に報せたのか……三吉一味の罪を重くしたい、いや、重くというよりも明確にしたい……あるいは火盗改の探索の落ち度を補ってやろうという親切心なのかもしれませぬ」

「親切心じゃと」

矢代は無表情で返した。

「いえ、火盗改の手抜かりを嘲笑っているのかもしれませぬ」

慌てて平九郎は訂正をした。

「そうも考えられる。では、投げ文の利はないのであろうか」

今日の矢代は執拗(しつよう)である。

「利でございますか。投げ文の主が火盗改に大内家上屋敷にも盗みに入ったぞ、ということを報せて一体どんな得があるのか。三吉一味の罪を重くしたところで意味はありませぬ。これ以上、重くしようが軽くしようが三吉一味が死罪になることに変わりはありませぬからな」

「その通りじゃ。ところで、三吉の右腕とも頼る雷太なる男、大内家上屋敷には盗みに入っておらぬ、と否定しておるのであったな」

矢代に確かめられ、

「はい、頑として口を割らない、と若林殿は申されておりました」

「盗人になんの利もないのにな」

矢代の言う通りである。

「意地を張っておるのかもしれません」

平九郎は閉口(へいこう)した。

「つまり、韋駄天小僧三吉が大内家上屋敷に盗みに入ったとわかって、得をする者は見当たらぬ。奇妙であるな」

矢代は言った。

「畏(おそ)れながら、敢えて申せば目付若林新次郎殿、と申せましょうか。若林殿は火付けを捕縛し、併せて三吉と三吉が奪った金を回収しようとして、そのための組織を新たに編成なさいました。その組織に森上家の牧村殿とわたしを加えるきっかけとなったのは三吉一味が盗み入った大名家ということです。当家を若林殿の役目に引き入れるには格好の名目です」

平九郎の考えを受け入れながらも、

「それなら、他の大名家の留守居役にはどうして声をかけないのであろうな」

「若林殿が申されるには、牧村殿とわたしの武芸の腕を買ってのことであるということでした。それゆえ、わたしと牧村殿を仲間に加えたものと思われます」

平九郎は言った。

「しかしながら若林殿は三吉一味が当家の上屋敷に盗み入ったことをご存じのはずはない。従って投げ文の主とは考えにくいな」

あくまで冷静に矢代は言った。

「おっしゃる通りですな」

平九郎も納得した。

「すると、投げ文の主は一体何者か、という堂々巡りになる」

矢代は言った。

「得なき投げ文でござりますな」

平九郎も当惑した。

投げ文の主の正体と目的が気になるが一方で矢代がこれほどまでにこだわる理由も興味をそそられる。

すると矢代は、

「霧の中に投げ文をして利を得た者がおる、とわしは睨(にら)んでおる」

と、思わせぶりなことを言った。

それは誰ですか、とは訊けない。考えねばならない。

霧の中に利を得る者の姿を思い描いてみる。

「投げ文がなかったのなら、当家に三吉一味が盗みに入られたことはわからなかったのじゃぞ」

当たり前のことを矢代は殊更重要な物事のように言った。

「その通りですが」

戸惑う平九郎に、

「最も利を得たのは……」

試すように矢代は問いかけを重ねる。

「最も利を得なかった者、と言うと不謹慎ですが最も辛い目に遭ったのは勘定方頭、伏見殿です。自業自得の面もありますが、責任感強きお方でありましたゆえ、あのような悲劇を招いてしまいました」

まずは明らかなものから平九郎は答えた。

「ならば、利を得た者がおのずと浮かんでくるではないか」

矢代は言った。

「おのずと……」

それでも平九郎にはわからない。

「千両を盗まれて利を得た者じゃ」

謎めいたことを矢代は言い出した。

「そんな者、おりはしません」

平九郎は首を左右に振った。

矢代は落ち着きを失うことなく続けた。

「別の視点から物事を見るのじゃ」

「はあ……」

「果たして、韋駄天小僧三吉は当家に盗み入ったのであろうかな」

またも、意外なことを矢代は言った。

「盗み入りました。それは、間違いございません。伏見殿はそのために切腹をなされたのです」

「まて、その前に起きた事実を思い出してみよ」

矢代は助言を投げかけた。

「金蔵から千両箱がなくなっていた、ということです」

答えながら平九郎は矢代の意図が次第にわかってきた。

「それが三吉一味による盗みである、と金蔵番の川田殿が韋駄天小僧三吉参上の書付を示されたことでござります」

「そうじゃな。ところで、棚橋作左衛門が大殿の叱責を受け、大殿が棚橋を首にせよ、との上意だと申し立てたのも川田であった」

「すると、千両は韋駄天小僧三吉一味が盗んだのではなく、川田殿が着服した……そして、そのことが発覚しそうになり、韋駄天小僧三吉一味の仕業である、と火盗改に投げ文を行った、ということですか」

「わしは、そう考える」

矢代は深くうなずいた。

平九郎の胸にどきりと刺さるものがあった。

「伏見殿の切腹を報せたのも川田殿……そして、伏見殿はご家老から切腹を思い留まるよう促されて、一旦は思い留まった。切腹をする決意であったとしても殿の裁許を待ってからすべきものです」

不穏な顔で平九郎は言い立てた。

「川田が殺した、と見て間違いあるまい」

静かに矢代は断定した。

「危うく、してやられるところでした」

平九郎は悔しさを滲ませた。

「しかしながら、今まで述べたことは、想像であって証はない」

矢代は言った。

「わかりました。わたしがなんとしましても川田弥助の尻尾を掴みます」

平九郎は決意を示した。

第三章　良薬(りょうやく)は口に甘し

一

卯月、十日、川田弥助が藩邸を出た。

初夏らしくない薄曇りの昼である。

出入りの商家を回るという名目であった。平九郎は密かに後を追う。

川田は芝方面へと向かっていた。芝には確かに出入り商は何軒もある。

嘘偽りなく川田は商家を回った。

ところが、回った後に藩邸には戻らず飯倉神明宮、通称芝神明宮に向かった。参拝して帰るつもりのようだ。

いや、芝神明宮の門前町には岡場所があり、賑やかな盛り場を形成している。そこで川田は良からぬ遊び、博打とか女郎買いでもしているのではないか。

そんな見当をつけて平九郎も神明宮を参拝することにした。が、盛り場に足を踏み入れたところで、岡場所の男衆たちの強引な客引きに遭い、前へ進めなくなった。

客引きを振り切っても、人でごった返した往来とあって川田の姿を見失ってしまった。


明くる十一日も平九郎は川田を尾行した。

川田は商家を回った後、またも神明宮に向かった。平九郎は今日も盛り場で川田の尾行に失敗した。

風紀が乱れた町並からして川田がよからぬ遊びを覚えたとしか思えない。しかし、想像でしかない。昨日、川田の帰り時刻に不審な点はなかった。平九郎が藩邸に帰ると既に川田は戻っていた。芝神明宮を参拝して後は何処にも立ち寄らなかったようだ。

そういえば若林新次郎が言っていた。

遊撃組が芝界隈の賭場を摘発した、と。すると、やはり、川田は博打に金を費やしたのではないのだろうか。賭場が潰されたため、博打はやめたのだろうか。勘繰れば、若林が潰した武家屋敷以外で賭場が開帳され、そこに川田は通っているのかもしれない。

ここは、佐川権十郎を頼ろう。あちらこちらの盛り場に精通する佐川なら、芝神明宮門前町でも川田尾行はお手の物だろう。

翌日、上屋敷を訪れた佐川に平九郎は事情を説明し助けを請うた。

「芝神明宮の門前町あたりだな。よし、引き受けた。あそこの岡場所に面倒を見てやった男がいる。面倒を見た、と言っても喧嘩の仲裁をしてやっただけだがな」

佐川は任せな、と胸を叩いた。

やはり、頼もしいものだと平九郎は改めて佐川を見直した。

「芝神明宮の門前町に隣接した三島町はな、本屋が多いんだ。近頃、本屋を媒介にして賭場に出入りするって噂がある。若林が芝界隈の賭場を摘発したから、ごく隠密裏に開帳されている賭場があるようだぜ」

佐川に教えられ、話題の主、若林の話を思い出した。

「そういえば、若林殿はよく三島町の本屋に通い、書物を購入なさるそうです」

平九郎が言うと佐川は顔をしかめた。

「あの御仁、随分と派手にやっているな」

佐川は若林を快く思っていないようだ。

平九郎は遊撃組による芝界隈の賭場の摘発を語った。

「前にも言ったが、若林は畏れ多くも上さまの御側室、お千代の方さまの実兄だ。それゆえ、幕閣のお偉方も若林には遠慮しているんだ。ま、妹の七光だろうが、上さまの御威光を笠に着ようが、目覚ましい働きをすれば文句は出まいがな」

佐川は達観（たっかん）した物言いをした。

「お礼は花膳で一杯、ということで」

佐川の機嫌を取るように平九郎は申し出た。

するると佐川は頭を振り、

「いや、そんな気遣いはよい」

意外にも佐川は遠慮した。飲み食いが大好きな佐川には珍しい。

「佐川さんらしくないですよ。遠慮されると却って恐縮してしまいます」

本音を返すと、

「じゃあな、相国殿の義太夫の会、なんとか出ずに済むようにしてくれよ」

困り顔で佐川は訴えかけた。

「いや……それは……お気持ちはよくわかります。しかし、呼ばれるみなさん共通の思いです。大殿の気合いの入れようは大変なもので、招待した方々が揃わないとやらない……逆に言えば揃うまで義太夫の会は続くのです。料理人の手配、食材、酒、無駄にできないのですよ」

平九郎は眉をしかめた。

佐川は何度かうなずき、

「よくわかるよ。それはそうだな。おれだけしらばっくれて逃げるわけにはいかぬ。わかった。それは取り消す。礼は礼として、平さんの頼みは任せておけ」

佐川は請け負ってくれた。

それにしても、川田という男、一体何に金を使っているのだろう。博打と決めてかかったが、誤りかもしれない。

家中では真面目一筋と評判の男だ。酒は飲まず女気もない。とすると博打かという気がして、外出の際に尾行したが商家を回るのと、草双紙を求めて本屋を歩いているに過ぎない。

しかも昼間であり、門限はきちんと守るのである。

佐川は三島町の一角にある茶店を指定し、そこで平九郎と待ち合わせた。

佐川はいつもの派手な小袖ではなく、地味な小袖に袴、羽織は重ねず頭巾を被って川田を尾行した。

三島町の本屋に入ると川田は店内を見回す。人気の草双紙、曲亭馬琴の『南総里見八犬伝』が五巻揃っている、と貼り紙がしてあった。

懇意にしているらしい番頭らしき男に川田が、

「五助、入荷したのだな、『南総里見八犬伝』、いやあ、楽しみにしておったのでな」

と、笑みを投げかけた。

店内には他の客もおり、彼らの目的も八犬伝であるようだ。川田と五助のやり取りを横目に見て様子を窺っている。

五助は揉み手をして、

「川田さま、それが……」

と、困った顔をした。

「早速、借りたいのだが」

川田が頼むと、

「それがですね、まことに申し上げにくいのですが、既に借り手と言いますか、買い手がおられるのですよ」

と、何度も頭を下げた。

「そ、それはないだろう」

温厚な川田が口を尖らせて抗議をした。五助は米搗き飛蝗のように頭を下げて詫びる。

「どんな御仁なのだ」

川田は問いかける。

よほど悔しいと見え、目が尖っている。

「それは……」

五助は口ごもった。

「教えてくれ」

なりふり構わず川田は迫った。

「お教えできません」

後ずさりながら五助は断った。

「頼む」

諦められないようで、川田は更に強い口調で懇願した。

「ご勘弁ください」

持て余すように五助は何度も謝り続ける。

「そこを曲げて」

執拗な川田に五助は警戒心を抱いたようで、

「お教えして、いかがされるのですか。まさか、相手先をお訪ねになるのですか」

「そうだ」

当然のように川田は答えた。

「川田さま、それは、およしになった方がよろしゅうございますぞ」

五助は危ぶんだが、

「五助には迷惑をかけぬ」

意外にも川田は頑固な性分のようだ。

困り顔の五助に、

「相手は『南総里見八犬伝』を五巻、買い取ったのだろう。ならば、掛け合って、そのうちの何巻かを借りる。長大な物語だ。わたしが読みたいのは三巻から。相手もいきなり三巻から読み始めることはあるまい」

川田の考えに、

「それは、そうでございますが」

困りましたな、五助は迷う風だ。

「頼む」

恥も外聞もなく川田は両手を合わせた。

すると、店内から、

「草双紙好きだなあ、あのお侍」

「ほんと、まただよ」

などという声が聞かれた。どうやら、川田は読みたいと狙いをつけた草双紙はなんとしても手に入れるようだ。

「なんなら、相手先で一時（いっとき）の間だけ読む、ということはどうだろう」

川田は妥協案を示した。

「そうですな、それなら……」

根負けしたように五助は受け入れた。

川田は五助と共に本屋を出た。

そっと、佐川は後をつける。五助が背負った書物箱の中に八犬伝が入っているようだ。川田は口を閉ざしたまま五助と共に芝神明宮の表通りへと入っていった。

芝の神明宮を参拝しようと立ち寄った。神明宮は天照大神と豊受大御神という伊勢神宮の内宮、外宮の祭神を祀っているため、関東のお伊勢さまと称されている。お伊勢参りが叶わない庶民は芝神明宮を参拝するのが習わしだ。

参道には数多の出店が建ち並んでいる。茶屋、揚弓場、化粧品屋、料理屋や軽業、手妻といった大道芸、見世物小屋、更には岡場所や男娼を置いた陰間茶屋も軒を連ねていた。

大勢の男女が参道から境内に押し寄せていた。

ここまでは平九郎から聞いた通りである。

神明宮の岡場所に平九郎は迷い込み、川田を見失ってしまったのだ。

では、川田が岡場所に出入りしているのか、というとそんな気配はなかった。

というのは、川田が岡場所を抜けていく後ろ姿があったからだ。

大勢の男衆が佐川の行く手に立ち塞がる。

「お侍、遊んでいってくださいよ」

特にしつこい男衆に袖を摑まれたが、

「そんな暇はないぜ」

袖を摑んだ手を掃い、佐川は拒絶した。

それでも、

「つれないですぜ」

男衆は佐川に付きまとった。佐川は頭巾の口元を開き、

「丑松、おれだ」

と、呼びかける。

男衆の両目が見開かれ、

「こ、こりゃ、すみません。佐川の旦那とは……だって、そんな地味な格好をなさっているんでね、旦那とは……」

と、言い訳混じりに頭をぺこぺこと下げた。

「そんなことはいいが、この近くに賭場が開帳されているということはないか」

口元を覆い、佐川は問いかけた。

「賭場ですか。旦那、およしになった方がいいですぜ。このところ、お上の手入れが馬鹿に厳しいんですよ」

丑松は声を潜めた。

佐川は横目に川田と五助がお茶を飲んでいる茶店を窺った。二人は和やかな顔つきでお茶と団子を飲み食いしている。懇意にしている様子がよくわかる。

「武家屋敷にもか」

「そうなんですよ。なんでもですよ、切れ者の御目付さまがですよ、韋駄天小僧三吉一味を探索するってんで、突然に御屋敷に立ち入るそうなんですよ」

丑松の話を聞き、

「旗本屋敷、大名屋敷にか」

と、佐川は問いながら目付が若林新次郎だと見当をつけた。

「そういうこって」

丑松はお蔭でこっちの商いもあがったりだ、と嘆いた。

賭場で儲けた客たちは色里（いろざと）で金を落としてゆくのである。ところが、賭場の取締りが厳しくなり、開帳できないものだから、客足がすっかり遠のいてしまっているのだとか。

「無理もないな」

迷惑な話だ、と佐川は丑松に同情を示した。

「おまけに、賭場が立たないもんで鬱憤（うっぷん）が溜まった連中がいさかいを起こすようになりましてね。喧嘩ばかりが花咲いていますよ」

丑松は舌打ちした。

「なら、いっそ、おまえんところで賭場を開帳したらどうだ」

気さくに佐川は勧めた。

「冗談じゃない。そんなことをしたらお目こぼしもなくなっちまいますよ」

岡場所自体が幕府非公認の色里なのである。それは公然の秘密で目こぼしをされているのだ。

「しかし、おかしいな」

佐川は首を傾げた。

「どうしたんです」

丑松も訝しむ。

「この界隈に賭場があるはずなんだ。岡場所の何処かの店でやっているのじゃないのか」

佐川は一朱金を二枚、丑松に握らせた。丑松はどうもすみません、と頭を掻いて礼を言ってから、

「あいにくですがね、ここらで賭場が立っているってことは耳に入ってきませんよ。もっとも、ごく少額で小規模なほんのお遊び程度なら女郎屋の座敷でやっていなくもありませんがね。賭場となると……」

金を貰ったせいか丑松は懸命に考え始めた。

佐川は丑松の言葉を待った。

しかし、丑松は申し訳なさそうに頭を下げ、

「いやあ、やっぱり心当たりがありませんや。お役に立たずにすまねえこって」

と、詫びた直後、

「おや、旦那、しばらくで」

と、丑松は商人風の男にお辞儀をした。

商人は、

「しばらくだな。ところで……」

と、笑みをこぼしながら丑松に耳打ちをした。丑松も笑顔になる。

「ええ、わかりました。百両、明日ですね。わかりましたよ」

丑松は揉み手をして何度も頭を下げた。

商人はくれぐれも頼む、と言い、向かいの蕎麦屋へと入った。

「いい話であったようだな」

思わず問いかける。

「ええ、身請け話なんですよ。今の旦那、惚れた女がいましてね、それで、足しげく

通ってくださったんですが、今回身請けしてくださることになりましてね、明日、身請け金の百両を届けてくださるんですよ」

「羽振りがいいのだな」

佐川が言うと、

「あの旦那、博打に目がなくて勝った時に寄ってくださっていたんですけどね、賭場が開帳しなくなってめっきり足が遠のいていたんですがね」

丑松は首を捻った。

「なら、今も何処かで賭場が立っているんじゃないのか」

すかさず佐川は言った。

「そういうことになりますかね」

丑松もうなずいた。

佐川は手応えを感じ、ちらっと茶店を窺った。すると、川田と五助が勘定を済ませ、出て行くところであった。

「商いの邪魔をしてすまなかったな」

声をかけ佐川は二人の後を追いかけた。

「近いうちにいらしてくださいよ。旦那好みのいい娘を用意しておきますんで」

調子のいい男の言葉を背中に聞き流し、佐川は川田に続く。

すると、

「馬鹿野郎！ 何処、見てやがるんでえ」

「てめえが悪いんだろう」

「そっちがぶつかって来たんだろう」

「やるか」

酔っ払い同士の喧嘩が始まった。

丑松が言ったように賭場に行けない鬱憤晴らしなのか、昼の日中から酒を飲んでいる。いかにも性質(たち)が悪そうな容貌(ようぼう)からしてやくざ者であろう。

当人同士だけならまだしも、すぐにも仲間と思(おぼ)しきやくざ者が集まって来た。騒ぎが大きくなった。更に、それを見物しようという野次馬たちも群れてきた。

あっと言う間に往来は黒山の人だかりとなった。

「退(ど)け！」

佐川は大声を放ったが、喧嘩騒ぎの喧噪(けんそう)に消されてしまう。

「この馬鹿どもが」

押し切ろうとするが人の壁に遮られて前へ進めない。立ち往生する佐川を置いて川田と五助はどんどん進んでゆく。

佐川は周囲を見回した。

茶店の脇に天水桶(てんすいおけ)がある。

「ええい、面倒だ」

佐川は手桶を手に取ると天水桶から水を汲み、

「迷惑野郎、他所(よそ)へ行ってやれ」

と、喧嘩騒動の群れへ浴びせた。

一回ではない。次から次から、火事場の火消のように水をかける。

「何しやがるんだ」

「ひやっけえ」

口々に文句を言い立てながら群れが散り散りとなった。その隙間を佐川はすり抜けるように進んだ。

群れを突っ切ったところで、川田と五助を探したがいない。

舌打ちし佐川は地団駄(じだんだ)踏んだ。

振り返ると喧嘩騒ぎを起こしていた連中が佐川を睨んでいる。

「なに、ぼけっと突っ立っているんだ。さっさと、喧嘩をしろ」

今度は喧嘩をけしかけた。

「ふざけるなよ」

一人が絡んできた。

すると喧嘩していた同士が一緒になって佐川を睨んできた。

「なんだおまえら、喧嘩をしていたんだろう。もう、仲直りしたのか。だらしないぞ、それでも江戸っ子か。さっさと喧嘩しろ」

佐川はからかった。

「うるせえ、侍だからって容赦はしねえぜ」

一人は粋がった。

「喧嘩の仲裁をしてやったんだ、感謝しろ」

けろっとして佐川は返した。

「何処までふざけた野郎なんだ」

やくざ者は殴りかかってきた。

佐川は左手で刀を突き出すと柄頭を相手の鳩尾にのめり込ませた。

「ううっ」

動きを止めた相手はしゃがみ込んだ。

「もう、許せねえ」

やくざ者は佐川を囲んだ。総勢、十人余りである。束になってかかればいくら侍でも負けはしないとばかりに腕捲りをした。

目の端に竿竹屋が映った。

しめた、とばかりに素早く竿竹屋の近くに駆け寄り、

「一本、くれ」

と竿竹を取り、やくざ者たちに対した。

「さあ、どっからでもかかって来い」

と、頭上で竿竹をぐるぐると回す。気圧されたやくざ者は輪を広げた。

「怖気づいたか」

挑発するように佐川はぺろりと舌を出した。

「ええい、畳んじまえ」

威勢のいいことを言いながら、向こう見ずな男が突っ込んで来た。佐川は竿竹を両手で持ち、男の横っ面を殴りつけた。頬骨が砕け、男は泣き叫んだ。

今度は背後から二人が襲いかかって来た。

降り向き様、佐川は一人の鳩尾を突き、もう一人の脛を掃った。二人は往来にのた

うち回る。

間髪を入れず佐川は再び天水桶に走り寄る。

「もう、許さねえ」

負け惜しみを言いながら残りのやくざ者が佐川に迫る。

「許してくれなんて頼んでないぞ」

佐川は竿竹を使って桶を投げ始めた。

桶は見事にやくざ者たちの顔にすっぽりと被される。曲芸の如き佐川の技に野次馬から歓声が上がった。

やくざ者は降参だとばかりに、逃げ出した。中には桶を被ったままの者もいて仲間にぶつかり、罵声を浴びせられる始末だ。

「さてと」

気分は晴れたが肝心の川田と五助を見失ってしまった。

「しくじったな」

勢いで喧嘩を買ってしまった自分に悪態を吐いた。平九郎に大見得を切った手前、なんとも情けない。

なんとしても賭場を見つけないと。

「どうするか」

竿竹を目についた者にやり、思案をしたところで身請けの男が立っていた。

「地獄に仏だ」

佐川は内心で両手をこすり合わせた。

商人に近づく。

「いやあ、見事でございますな。あの連中はこのあたりのごろつきで、とにかく性質が悪くてみんな迷惑をしていたんですよ。ですから、お侍さまがあの連中をやっつけてくださってすっとしているでしょう」

商人も礼を言って帰ろうとしたのを、

「じゃあ、あんた、礼をくれよ」

と、佐川は引き止めた。

「お礼ですか……ま、そうですな。では、みんなを代表しまして」

商人は財布を取り出そうとしたが、

「金はいらないよ」

佐川に返され商人はおやっとなった。

「賭場だ。このあたりで開帳している賭場を教えてくれ」

と、問いかけた。

商人の顔が強張った。警戒に彩られた目で佐川を見返し、

「はて、手前は存じませんが」

商人は答えた。

「誤解しないでくれ。何も摘発しようというんじゃないんだよ。おれも、好きなんだがこのところ取締りが厳しいだろう。だから、久しぶりにやりたくなってな」

佐川は頼むよと言い添えた。

しばし思案の後、商人は佐川を天水桶の脇に連れて行った。

「他言は絶対にいけませんよ」

声を潜めて念押しをする。

「当たり前だ」

佐川は言った。

それでも商人は周囲の雑踏を見回してから、

「神明宮の裏手に寺子屋があります」

と、早口で言った。

「ほう、それで……」

佐川は続きを促す。

寺子屋が目印なのだろうと思っていると、

「その寺子屋なんです」

商人は言った。

「なんだと……」

佐川は目をむいた。

次いで、

「寺子屋で賭場を開帳しているのか。しかし、とんだ寺子屋師匠だな」

さすがに呆れかえった。

「その代わり、ごくごく少数の人たちしか出入りはできません」

「たとえば、三島町の本屋の紹介、とかか」

佐川の推量に、

「お侍さま、そこまでご存じなのですか」

商人は驚きの目をした。

「まあ、それはよいではないか。すると、やはり、本屋が鍵なのだな」

「その通りです」

商人が言うには、寺子屋は本屋から定期的に本を買う。その本を借りる、もしくは寺子屋に読みに来る者たちがいるそうだ。その者たちを相手に賭場を開いているのだとか。

「随分と、回りくどいことをするものだな」

佐川はふんふんとうなずいた。

「まったくですよ。それくらい、お上の取締りが厳しいのですよ」

商人はいかにも幕府が悪いかのような口ぶりをしてしまったため、

「おっと、これはいけませんな」

慌てて手で口を押えた。

「ま、気持ちはわからんでもないさ」

佐川も咎め立てる気はない。

「わかった、ありがとうな」

商人に礼を言って別れると教わった寺子屋を目指した。

寺子屋は神明宮裏手の雑木林を過ぎたあたりにあった。百坪ほどの敷地を竹垣が囲んだ一軒家だ。学問好きの商人が営んでいるという。

佐川は裏木戸から足を踏み入れ、植込みに身を隠した。すると、川田と五助が庭でやり取りをしている。

五助は物置小屋を指差し、

「ここの賭場は、少人数、高額の掛金です。一勝負、最低でも一両からです。摘発されないよう、客人にはごく短い刻限の間に勝負を決してもらうんですよ。みなさん、恨(うら)みっこなし、長居は無用、線香一本が燃え尽きるまでしかいられません」

「まるでお歯黒溝(はぐろどぶ)だな」

川田は苦笑した。

お歯黒溝は吉原にある最下層の店である。売れない女郎たちが安価に春をひさいでいる。料金は燃えた線香の数で勘定されていることから、川田は例えたのだろう。

「掛け声もなし、そっと賽子(さいころ)を振って、静かに丁(ちょう)か半(はん)の札を置きます。勝っても負けても大きな声を上げたら、すぐに帰らされますんで、よく注意してくださいね」

五助の説明にうなずくと川田はいそいそと物置小屋に向かった。

佐川は芝神明宮門前町の茶店に戻った。

平九郎が待っている。

「いやあ、手が込んでいやがったよ」

佐川は言った。

平九郎はお茶をごくりと飲む。

佐川から賭場のからくりを聞き、併せて場所を教わった。


「川田さん」

平九郎は呼び止めた。

寺子屋の前である。

川田はびくんとなって振り返った。一瞬、顔が強張ったものの、

「椿殿、いかがされたのですか」

明るい声で問いかけてきた。

「川田さんは商家回りですか」

平九郎も明るく問い返す。

「ええ、そうなのです。伏見殿がなくなられ、その引き継ぎもございますので、まあ、てんてこまいです」

川田は苦笑した。

「それは大変ですな」

同情を寄せるような物言いを平九郎はした。

「藩邸に戻られるのですな」

川田に訊かれ、

「いかにも」

平九郎は川田と並んで歩いた。

川田は回ってきた商家についてのあれこれを訊きもしないのに饒舌に語る。それはいかにも平九郎と二人でいることの苦痛から逃れようとしているかのようだ。

「川田さん、草双紙がお好きだそうですね」

世間話の延長で平九郎は問いかけた。川田は勘繰りもせず、その話題に乗ってきた。

「ええ、唯一の楽しみです」

「よく本屋にも立ち寄るのでしょう」

「商家回りの行き帰りにですが」

「馴染みの本屋もあるのですか」

「ありますよ。品揃えが豊富ですからね」

「評判の南総里見八犬伝なども借りることができるのですか」

「ええ、全巻が揃っていますよ。ただ、買い手や借り手が多くて順番待ちになりますけどね」

「芝神明宮近くの豊年堂という本屋ですね」

平九郎が本屋の名前を出したところで川田は足を止めた。まじまじと平九郎を見返し、

「椿殿、よくご存じですね」

「ええ、豊年堂の評判は耳にしていますから」

と、繰り返した。

川田がうなずいたところで、

「ところで、川田さんは韋駄天小僧三吉が盗みに入ったとわかったのは、書付が残っていたから、と申されましたな」

平九郎に三吉一味の盗みを蒸し返され、川田は陰気な顔つきになった。

「そうでした」

これまでの口数の多さとは別人のように短い答えをした。

「その書付、いかがされましたか」

「伏見殿にお見せしました……それからは存じません。お渡ししましたので」

「伏見殿の遺品には三吉の書付はありませんでしたな」

平九郎が疑念を示すと、

「盗人の書付など捨ててしまわれたのでしょう」

なんでもないことのように川田は言った。

「そうかもしれませんが、伏見殿は大変に几帳面(きちょうめん)で物を捨てられないお方だったのです……それでも、三吉一味に盗まれたことが発覚してはまずい、と捨ててしまわれたのかもしれませんな」

「そうだと思います」

再び川田は歩き出そうとした。

それを引き止め、

「ああ、そうだ。川田さん、今、何処から出て来られましたか」

「はあ……」

「あそこは、寺子屋ですな」

平九郎は振り返った。

松の木の蔭に隠れ寺子屋は見えない。

「そうですな」

川田も寺子屋の方を見た。

「寺子屋に何か用向きがあったのですか」

落ち着いた口調で平九郎は問いかけた。川田は笑顔を取り繕い、

「正直に申しますと、怠けておったのです。あの寺子屋は豊年堂の得意先でしてな、豊年堂から沢山の草双紙や手習い本を買っております。『南総里見八犬伝』なども五巻が揃っておるのです。ですから、寺子屋で八犬伝を借りて読んでおりました。役目中、不届きな所業をしてしまい、申し訳ございません」

真摯な顔で川田は謝罪した。

「わたしだって怠けることはあります。お互い聖人君子ではないのですからね。息抜きは必要ですよ。ですが、程々にしておかないと、役目に支障をきたします」

平九郎は思わせぶりな言い方をした。それを川田も敏感に察知したようで表情が硬くなった。

「よく、肝に銘じます」

小さな声で返す。

「あの寺子屋、よからぬ噂がありますな。寺子屋を隠れ蓑に賭場を開帳しておる、と耳にしました。川田殿、出入りしておって、実際に賭場が開かれておりましたか」

平九郎は核心に迫った。

「いいえ、賭場など……」

目を伏せ、川田は答えた。こめかみから汗が流れ落ちる。

「博打、やらないのですか」

平九郎は壺を振る格好をした。

「やりません」

目を伏せたまま川田は否定した。

「ほう、そうですか」

平九郎は声を太くした。

「あ、いえ、その」

川田は落ち着きをなくした。

「博打、お好きのようですな」

平九郎は言った。

「少々、気晴らしに行う程度です」

川田は認めた。

「少々とはどれくらいですか」

「さあ、特に決めておりません。遊びですから」

川田の声が上ずった。

「遊びで数百両の借金をこさえるものですかな」

「なんのことでしょう」

川田は足を止めた。

川田の袖から妙な音が聞こえた。何かがぶつかり合う音だ。

「御免！」

平九郎は抜刀し、横に一閃した。

「ひええ！」

川田の顔が引き攣り、袖が切り落とされ、木の札が落下した。賭場の駒である。平九郎が駒を拾ったところへ佐川権十郎がやって来た。博徒風の男の襟首を摑んでいる。

「寺子屋の物置小屋から引きずり出して来たよ。線香一本じゃ、駒を張り切れず、次回に持ち越したんだな」

佐川に指摘され、川田は膝から頽れた。

川田弥助は公金横領の罪を認めた。併せて自分の罪を韋駄天小僧三吉になすり付けた上に、伏見重太郎を切腹に見せかけて殺したことも白状した。

己が欲のために、重罪を重ねた川田に温厚な盛義といえど、寛大な処罰は下さなかった。川田は切腹を命じられたが、切腹するのが怖かったのだろう。藩邸内の長屋の鴨居（かもい）に帯を掛けて首を吊った。

川田の一件が落着（らくちゃく）した後、平九郎には雪乃に薬を飲ませる、という役目があった。

雪乃はかろうじて僅（わず）かな粥を食べているため、餓死（がし）するような心配はない。しかし、やつれようは甚だしく、目は窪（くぼ）み、顔色は真っ青だと奥女中たちから耳にした。

十五日の昼、盛義の計らいで奥向きに入った。

控えの間に入り、花膳の女将、お鶴から渡された書付を読む。むずがる子供に苦い薬を飲ませる方法が丁寧に記してあった。

聞くともなく耳に入ってくるやり取りで、雪乃が腹痛に苦しんでいるのがわかった。薬膳汁（やくぜんじる）を勧めても苦いと拒んで飲もうとしないらしい。

無理に食べさせた粥が災いしたようだ。粥に問題があったとは思えない。雪乃の神経が昂（たかぶ）っていて、腹痛を起こしたと思われる。

すると、

「お方さま、しっかりなされませ」

と、甲走った女の声が聞こえた。

堪らず、平九郎は控えの間を出た。

廊下を数人の奥女中たちがおろおろと行き来している。みな、値の張りそうな着物を身に着けているが、中でも侍女二人に支えられている女は豪華絢爛な打掛を重ねていた。

雪乃である。

黒の十徳姿の奥医師がやって来た。

侍女の一人が奥医師に薬を飲ませてくれと懇願した。雪乃の危機とあって平九郎は

見向きもされない。

「嫌じゃ。あんな苦い薬、わらわは飲めぬ」

雪乃が我儘を言い立てる。

「良薬は口に苦し、と申します。どうぞ、我慢なされて……」

奥医師は説得したが雪乃は聞き入れない。

断固とした雪乃の拒絶に、奥医師は渋面を作ったが、それも一瞬のことでじきに笑

顔を取り繕い、煎じ薬の入った湯呑を手に取った。次いで、息を止めると自分で飲ん

で見せた。

ごくりと一息に飲み干し、満面に笑みを拡げる。

「多少の苦味はございますが、意を決すれば飲めぬことはございませぬ」

奥医師は奥女中に煎じ薬の替わりを持つよう命じた。雪乃は顔をそむけたままた。大急ぎで奥女中が代わりの薬を持って来た。それを受け取り、奥医師は辞を低くして雪乃の前に置いた。

「楽になるのです。何卒、お飲みください。瞬きほどの間、息を止めれば飲み込めます。温いですから、火傷の心配もございませぬ」

恭しく奥医師が勧めるとさすがに気が差したのか、雪乃は湯吞を両手で持ち上げた。

次いで、雪乃は湯吞を口に近づける。端麗極まる面差しが歪んだ。それでも覚悟を決めたのか両目を閉じ、縁に小さな口を付けると湯吞を傾けた。

が、

「嫌じゃ！」

甲走った声を発し、雪乃は湯吞を放り投げた。廊下に湯吞が転がる。放り投げた拍子に薬入りの白湯が奥医師の顔にかかった。

奥医師はむっとしたが、口をへの字に結び小さくため息を漏らした。二人の侍女は雪乃の怒りを恐れ平伏する。奥女中たちが湯呑を片付けた。

自分の我儘を棚に上げ、

「苦しいぞえ、なんとか致せ……」

雪乃は腹痛を訴え始めた。侍女たちはおろおろとし、奥医師に救いの目を向ける。奥医師は奥女中に再び煎じ薬の替わりを用意するよう命じたが、その顔は不安に満ちている。雪乃を放ってはおけない。当たり散らされる侍女たちも気の毒だ。

「わたしが、薬を煎じてみましょう」

平九郎は奥医師に申し出た。

「貴殿が……なりませぬ！」

誇りを傷つけられ、奥医師は睨み返してきた。

すると侍女が奥医師に耳打ちをした。漏れ聞こえる声で盛義の命（めい）を受けた椿平九郎殿だと侍女は説明した。

「ならば……」

奥医師が返事をする前に、平九郎は侍女の案内で廊下を進んだ。

廊下の突き当りの小部屋に入った。薬種（やくしゅ）の匂いが立ち込めている。薬研（やげん）や様々な薬種、書籍が揃っていた。

「紅花とスギナを煎じるのです」

平九郎が言うと侍女は訝しんだ。

「お方さまがご実家から持参されたお薬、口当たりを良くすれば、お飲み頂けます」

平九郎が説明を加えると侍女は大急ぎでスギナと紅花の薬湯を用意させた。そこへ丸薬を添える。丸薬が雪乃持参の薬だとか。

「ほんの少し酒と味醂を加えてみたらよいですぞ」

平九郎に言われるまま侍女は酒と味醂を用意させた。徳利に入った酒と味醂を猪口に移す。猪口半分の酒、一杯の味醂を薬湯に加えるよう指示した。

次いで薬湯を湯呑から猪口に少し移し、味見をした。苦味が和らいでいる。これで飲めそうだが、雪乃の薬に対する拒絶意識の高まりを考えると、もう一手間を加え、飲みやすくした方がいい。

そうだ、雪乃は無類の甘党……。

「砂糖を少しだけ、加えてください」

平九郎は言った。

砂糖の甘味は波立った気持ちを穏やかにする。

少量の砂糖が薬湯に混入される。徳利から猪口に移して啜ると、飲みやすいどころか薬湯というよりは飲み物になっている。

が、もう一つ何か欲しい。

そうだ、忘れていた。

お鶴はこれでも駄目なら、と追記してくれていた。

「柚子を……柚子を用意してください」

平九郎は頼んだ。言われるまま侍女は切った柚子を用意させた。平九郎は柚子を搾り、薬湯の入った徳利に入れた。湯気から立ち上る柚子の香に平九郎の頬が緩んだ。

これなら息を殺し、一息に飲み干さずともいい。ゆっくりと身体を温めながら飲めるだろう。薬湯をやかんに入れ、火鉢で温めてからお盆に載せた。一緒に小さめの湯呑を添える。

「さあ、これを持っていってください」

と、頼んだものの自分も居合わせようと平九郎は侍女や奥女中たちと雪乃の元に戻った。

湯呑に少量の薬湯を注ぎ、雪乃の横に置いた。柚子の香りに反応し、雪乃は顔を上げる。

平九郎は春風のような柔らかで温たかみのある笑みを送り、

「お飲みくだされ」

と、勧めた。

雪乃は湯呑を取り、無言で口元に運ぶ。柚子の香りを楽しむように形の良い鼻をひくひくと動かし、ふうふうと息を吹きかけながらゆっくりと一口飲んだ。

「こ、これは、まこと薬湯かえ」

雪乃は驚きを示した。

「落ち着いて、お飲みください。体内に残った毒素が小用(しょうよう)となって排出されます」

平九郎は笑みを返した。

雪乃が飲み干すと、

「いかがですか。少しは楽になりましたか」

平九郎が問いかける。

「痛みが和らぎました」

雪乃の言葉に侍女たちは安堵した。奥医師もほっとした様子だ。侍女がやかんから湯呑に薬湯を注いだ。それも雪乃は満足げに飲む。

表情を落ち着け、

「椿平九郎じゃな。殿が自慢するだけあって、良き男ぞ」

と、平九郎を見返した。

良き男とは曖昧な表現だが、雪乃の感謝はよくわかった。

二

二十日の夜五つ（午後八時）、平九郎は若林の率いる遊撃組に加わった。

大内家上屋敷には韋駄天小僧三吉一味は盗みには入らなかったことをわざわざ話す必要はないと思い、若林にも牧村にも黙っていた。実は、家臣が公金横領を胡麻化すために韋駄天小僧三吉一味に盗みに入られたように見せかけたのだ、とは大内家にとって恥の上塗りになる。

遊撃組は越後春日山藩森上家の蔵屋敷に集結した。本所吾妻橋の北へ二町ほど歩いたあたり、火盗改方頭取上田久次郎の役宅とは往来を隔てて向かい合っている。

もちろん牧村もいる。

遊撃組は旗本の次男、三男などから構成され、みな、額には鉢金(はちがね)を施し、襷(たすき)を掛け、裁着(たっつ)け袴である。眼光鋭く、揃って緊張と大いなる闘争心を漲(みなぎ)らせている。

総勢三十人ほどだ。

若林が前に進み出た。

今夜は亥中の月、亥の刻（午後十時）にならないと月は昇らないが星が瞬き、御用提灯の灯りが若林を浮かび上がらせている。

若林は陣笠を被り、火事羽織に野袴という捕物装束である。軍配を手にしており、韋駄天小僧三吉捕縛の先頭に立つ気満々である。

「牧村殿、首尾はよろしいですな」

若林に語りかけられ、

「抜かりはございませぬ」

気負うことのない、それでいて自信に満ちた声で牧村は返した。

思わず平九郎は武者震いをした。

「くどいようですみませぬが、蔵屋敷が小火を出し、害になるあるいは類焼に及ぶようなことはござらぬな」

さすがに、類焼が及べばいくら韋駄天小僧三吉捕縛のためとはいえ、若林も責任を糺される。そうなれば、せっかく三吉を捕縛したとしても功罪半ばとなり、出世できるかどうかは微妙だ。

それが牧村の微塵も不安を感じさせない態度を目の当たりにして躊躇いが消えたようだ。

「では」

牧村は拍子木を打ち鳴らした。

「火の用心、さっしゃりましょう〜」

朗々とした声が初夏の夜空に響き渡った。火付けの合図が火の用心だとは皮肉なものだ、と平九郎は思った。

やがて、蔵屋敷の片隅から黒煙が立ち昇った。

「藁を燃やしておる」

牧村が平九郎に語りかけた。

若林がみなを促す。

「火事だ！」

一斉に火事だと叫び立て蔵屋敷の半鐘が鳴らされた。早鐘である。

「雷太の人相をしかと確かめよ」

若林に命じられ平九郎たちは配布された雷太の人相書きに視線を向けた。平九郎も雷太の人相、特徴を頭の中に叩き込む。

盗人と思って見るせいか凶暴な顔つきである。髪はざんばら、口と顎に髭を伸ばし、眉はなく細い目、それゆえ冷酷さが際立ち、左の頰に縦に刀傷が走っていた。加えて六尺近い大男とあって、市中で遭遇すれば、すぐに雷太とわかる。

夜目に慣れれば、闇夜であっても見失うことはないだろう。

やがて、火盗改の屋敷が騒々しくなった。もちろん、若林は火盗改と示し合わせている。

若林に従って、火盗改の屋敷の裏門に潜む。仮獄舎から数人の盗人たちが解き放たれた。雷太が入れられていたのは、一番左の獄舎である。

多人数で追いかけては気づかれるため、平九郎が単独で追いかけ、一味の隠れ家に雷太が辿り着いたところで呼子を鳴らすことにした。

雷太は火盗改の役宅から東に五町ほどの閻魔堂に至った。

まさか、火盗改の役宅のこんな近くに三吉一味の隠れ家があるのか、と平九郎は訝しみ、樫の木陰に身を潜めた。

雷太の動きを目で追う。

すると、行く手を阻む二つの影が現れた。闇に薄っすらと刻まれた陰影で二人が侍であるとわかった。二人とも腰に大小を帯びているが、一人は鎖鎌、もう一人は長弓を手にしている。

牧村が言っていた森上家を逐電し三吉一味に加わったと疑われる者たちであろう。鎖鎌と長弓という武器がそれを物語っている。

と、長弓の男が矢を番えるや平九郎目がけて射かけた。矢は夜風を切り裂き、樫の木に刺さった。

雷太は悲鳴を上げ、閻魔堂に逃げ込んだ。

樫の木陰から平九郎は飛び出すと同時に抜刀した。そこへ次々と矢が飛来する。ひるむことなく平九郎は矢を大刀で払いながら間合いを詰める。

すると、分銅が飛んで来た。

矢に気を取られていたため、大刀に鎖が絡まってしまった。

敵はにやりとしながら鎖を引き寄せる。

平九郎は前のめりになった。

またも矢が飛んでくる。平九郎は腰を屈め、どうにか避けることができた。

しかし、相手の箙にはまだ三本の矢が残っている。

敵は舌なめずりをし、箙に手を伸ばした。

鎖鎌の男も笑みを浮かべ鎖を引き寄せる。
咄嗟に平九郎は大刀を投げた。
大刀は真一文字に飛び、鎖鎌の男の胸に刺さった。
男は断末魔の叫びと共に仰向けに倒れた。
大刀を失い、平九郎は脇差で弓と対決しなければならない。脇差で矢を凌げるか。
しかし、考える余裕はない。脇差で敵と戦うしかないのだ。
腹を括り、平九郎は脇差を抜き放った。
仲間を倒された動揺から立ち直った敵は箙から矢を取り、弓に番えた。
笑みを引っ込め、憤怒の形相で平九郎の胸に狙いを定める。
平九郎の額に汗が滲み、鉢金を濡らす。
腰を落とし、飛来する矢に備える。
すると、
「大木！」
牧村の大音声が聞こえた。
敵は弓を下ろした。
牧村は平九郎の横に立ち、

「大木伝十郎、盗人一味に加わるとは、恥を知れ」

と、弓の男を罵倒した。

大木は睨み返したがくるりと背中を向け、走り去った。

牧村は鎖鎌の男が森上家を離れた横井喜平治だと言った。平九郎は横井の亡骸の脇に屈み、両手を合わせ、横井の冥福を祈ってから胸板に刺さった大刀を抜いた。

「雷太は……」

牧村は周囲を見回した。

「閻魔堂に」

立ち上がり、平九郎は練塀に囲まれた閻魔堂を見た。

「閻魔堂が三吉一味の隠れ家ですかな」

牧村に問われたが、

「そうではないと思います。雷太は横井殿と大木殿を見ると、閻魔堂に逃げ込んだのです」

平九郎はおかしいと言い添えた。牧村も戸惑い、

「大木と横井は三吉一味に加わったはずじゃが……雷太は知らなかったのであろうか」

と、疑問を呈した。

「雷太が捕縛されたのは……」

平九郎が問うと、

「先月ですな。大木と横井が森上家を去ったのは半年前……」

したがって、雷太が大木と横井を知らないはずはない、と牧村は言い添えた。

「大木殿はわたしを見つけて矢を射かけてきました。雷太はわたしとお二方の争いから逃れるために閻魔堂に駆け込んだのかもしれません。ともかく、こうなったからには尾行は無理ですから雷太に三吉一味の隠れ家を白状させましょう」

平九郎の考えに牧村も賛同し、閻魔堂に足を向けた。

すると、今度は閻魔堂が騒がしい。

牧村と顔を見合わせた後、平九郎は閻魔堂に走り出した。

閻魔堂の表門から数人の男たちが飛び出して来た。平九郎は抜刀する。岩のような大男が彼らに続いた。

いや、続いたと言うより長柄の鑓で追い立てている。

棚橋作左衛門だ。

「おお、椿、韋駄天小僧の三吉一味を退治してやっているぞ」

棚橋は笑い声を放ち、三吉一味を鑓で突き刺していった。

「ぼけっとしていないで中だ。まだ、うじゃうじゃいるぞ」

棚橋に言われ、平九郎は表門を潜り、閻魔堂に駆け込んだ。

ふと、どうして三吉一味は閻魔堂にいるのだ、と疑問に駆られた。雷太の素振りからしてここが隠れ家ではなさそうだった。ということは、雷太を迎えに来たのだろうか。

となると、雷太が火盗改の役宅から抜け出たのをいかにして知り得たのだろう。

平九郎の脳裏に謎が渦巻いた。

そこへ、牧村も騒ぎを聞きつけた遊撃組と合流し、閻魔堂に雪崩(なだ)れ込んで来た。三吉一味と思しき十人以上の男たちと刃を交える。平九郎も大刀を振るった。

「三吉はおらんぞ。抜かったな、椿。では、さらばだ」

練塀の外から棚橋の声が聞こえた。

敵味方入り乱れての乱戦となった。雷太はいない。

さては、雷太にも逃げられたか、と危機感を抱きながら平九郎は閻魔堂に入った。

閻魔大王の木像の前に雷太が倒れていた。周囲に血溜まりが広がっている。

三

「おい」

平九郎は雷太に走り寄った。ぐったりとなった雷太を抱き起す。胸が血で真っ赤に染まっている。揺さぶったが反応はない。白目を開き、事切れていた。捕物の乱戦の最中、白刃に倒れたようだ。

若林新次郎が入って来た。

「どうした」

若林は血相を変えた。

首を左右に振り、平九郎は雷太が命を落としたことを報告した。

「おのれ」

若林は歯噛みをした。

雷太の亡骸を横たえ、平九郎は立ち上がった。

「三吉は……」

「追っておる」

101-8405

書籍のご注文は84円
アンケートのみは63円
切手を貼ってください

東京都千代田区神田三崎町2-18-11

二見書房・時代小説係 行

ご住所 〒

TEL - - Eメール

フリガナ

お名前

（年令 才）

※誤送を防止するためアパート・マンション名は詳しくご記入ください。

22.4

愛読者アンケート

1 お買い上げタイトル
（　　　　　　　　　　　　　　　　　　　　）

2 お買い求めの動機は？（複数回答可）
□ この著者のファンだった　□ 内容が面白そうだった
□ タイトルがよかった　□ 装丁（イラスト）がよかった
□ 広告を見た　　（新聞、雑誌名：　　　　　　　）
□ 紹介記事を見た（新聞、雑誌名：　　　　　　　）
□ 書店の店頭で　（書店名：　　　　　　　　　　）

3 ご職業
□ 会社員 □ 公務員 □ 学生 □ 主婦
□ 自由業 □ フリーター □ 無職 □ ご隠居
□ その他（　　　　　　　　　　）

4 この本に対する評価は？
内容：□ 満足 □ やや満足 □ 普通 □ やや不満 □ 不満
定価：□ 満足 □ やや満足 □ 普通 □ やや不満 □ 不満
装丁：□ 満足 □ やや満足 □ 普通 □ やや不満 □ 不満

5 どんなジャンルの小説が読みたいですか？（複数回答可）
□ 江戸市井もの　□ 同心もの　□ 剣豪もの　□ 人情もの
□ 捕物　□ 股旅もの　□ 幕末もの　□ 伝奇もの
□ その他（　　　　　　　）

6 好きな作家は？（複数回答・他社作家回答可）
（　　　　　　　　　　　　　　　　　　　　）

7 時代小説文庫、本書の著者、当社に対するご意見、
ご感想、メッセージなどをお書きください。

ご協力ありがとうございました

↓ この線

大江戸けったい長屋シリーズ
①ぬけ弁天の菊之助 ②無邪気な助っ人 ③背もたれ人情 ④ぬれぎぬ

大仕掛け 悪党狩りシリーズ
①如何様大名 ②黄金の屋形船 ③捨て身の大芝居

北町影同心シリーズ
①閻魔の女房 ②過去からの密命 ③挑まれた戦い ④目眩み万両
⑤もたれ攻め ⑥命の代償 ⑦影武者捜し ⑧天女と夜叉
⑨火焔の啖呵 ⑩青二才の意地

喜安 幸夫(きやす・ゆきお)

はぐれ同心 闇裁きシリーズ
①龍之助江戸草紙 ②隠れ刃 ③因果の棺桶
④老中の迷走 ⑤斬り込み ⑥槍突き無宿
⑦口封じ ⑧強請の代償 ⑨追われ者
⑩さむらい博徒 ⑪許せぬ所業 ⑫最後の戦い

見倒屋鬼助 事件控シリーズ
①朱鞘の大刀 ②隠れ岡っ引 ③濡れ衣晴らし
④百日髷の剣客 ⑤冴える木刀 ⑥身代喰逃げ屋

隠居右善 江戸を走るシリーズ
①つけ狙う女 ②妖かしの娘 ③騒ぎ屋始末
④女鍼師 竜尾 ⑤秘めた企み ⑥お玉ケ池の仇

倉阪 鬼一郎(くらさか・きいちろう)

小料理のどか屋 人情帖シリーズ

天下御免の信十郎シリーズ
①快刀乱麻 ②獅子奮迅 ③刀光剣影 ④豪刀一閃
⑤神算鬼謀 ⑥斬刃乱舞 ⑦空城騒然 ⑧疾風怒濤
⑨駿河騒乱

聖 龍人(ひじり・りゅうと)

夜逃げ若殿 捕物噺シリーズ
①夢千両すご腕始末 ②夢の手ほどき ③姫さま同心 ④妖かし始末
⑤姫は看板娘 ⑥贋若殿の怪 ⑦花瓶の仇討ち ⑧お化け指南
⑨笑う永代橋 ⑩悪魔の囁き ⑪牝狐の夏 ⑫提灯殺人事件
⑬華厳の刃 ⑭大泥棒の女 ⑮見えぬ敵 ⑯踊る千両桜

火の玉同心 極楽始末シリーズ
①木魚の駆け落ち

氷月 葵(ひづき・あおい)

婿殿は山同心シリーズ
①世直し隠し剣 ②首吊り志願 ③けんか大名

公事宿 裏始末シリーズ
①火車廻る ②気炎立つ ③濡れ衣奉行 ④孤月の剣
⑤追っ手討ち

御庭番の二代目シリーズ
①将軍の跡継ぎ ②藩主の乱 ③上様の笠 ④首狙い
⑤老中の深謀 ⑥御落胤の槍 ⑦新しき将軍 ⑧十万石の新大名
⑨上に立つ者 ⑩上様の大英断 ⑪武士の一念 ⑫上意返し

↑ この線で切

→ この線で切り取ってください

…さい

⑬謀略の兆し ⑭裏仕掛け ⑮秘された布石 ⑯幻の将軍
⑰お世継ぎの座 ⑱刃の真相

藤木 桂（ふじき・かつら）

本丸 目付部屋シリーズ

①権威に媚びぬ十人 ②江戸城炎上 ③老中の矜持 ④遠国御用
⑤建白書 ⑥新任目付 ⑦武家の相続 ⑧幕臣の監察
⑨千石の誇り ⑩功罪の籤 ⑪幕臣の湯屋

藤 水名子（ふじ・みなこ）

古来稀なる大目付シリーズ

①まむしの末裔 ②偽りの貌 ③たわけ大名 ④行者と姫君
⑤猟鷹の眼

与力・仏の重蔵シリーズ

①情けの剣 ②密偵がいる ③奉行闇討ち
④修羅の剣 ⑤鬼神の微笑

旗本三兄弟 事件帖シリーズ

①闇公方の影 ②徒目付 密命 ③六十万石の罠

隠密奉行 柘植長門守シリーズ

①松平定信の懐刀 ②将軍家の姫 ③大老の刺客 ④薬込役の刃
⑤藩主謀殺

火盗改「剣組」シリーズ

①鬼神 剣崎鉄三郎 ②宿敵の刃 ③江戸の黒夜叉

剣客奉行 柳生久通シリーズ

← この線で切り取ってください

㉑月影に消ゆ ㉒陽炎剣秘録 ㉓雪の別れ

北風侍 寒九郎シリーズ

①津軽宿命剣 ②秘剣枯れ葉返し ③北帰行 ④北の邪宗門
⑤木霊燃ゆ ⑥狼神の森 ⑦江戸の旋風 ⑧秋しぐれ

森 真沙子（もり・まさこ）

日本橋物語シリーズ

①蜻蛉屋お瑛 ②迷い蛍 ③まどい花 ④秘め事
⑤旅立ちの鐘 ⑥子別れ ⑦やらずの雨 ⑧お日柄もよく
⑨桜追い人 ⑩冬 螢

箱館奉行所始末シリーズ

①異人館の犯罪 ②小出大和守の秘命 ③密命狩り
④幕命奉らず ⑤海峡炎ゆ

時雨橋あじさい亭シリーズ

①千葉道場の鬼鉄 ②花と乱 ③朝敵まかり通る

柳橋ものがたりシリーズ

①船宿『篠屋』の綾 ②ちぎれ雲 ③渡りきれぬ橋 ④送り舟
⑤影燈籠 ⑥しぐれ迷い橋 ⑦春告げ鳥 ⑧夜明けの舟唄

和久田 正明（わくだ・まさあき）

地獄耳シリーズ

①奥祐筆秘聞 ②金座の紅 ③隠密秘録 ④お耳狩り
⑤御金蔵破り

怪盗黒猫シリーズ

…取ってください

↓　この線で切り

牧　秀彦（まき・ひでひこ）

孤高の剣聖　林崎重信シリーズ
①抜き打つ剣　②燃え立つ剣

南町番外同心シリーズ
①名無しの手練

八丁堀　裏十手シリーズ
①間借り隠居　②お助け人情剣　③剣客の情け　④白頭の虎　⑤哀しき刺客　⑥新たな仲間　⑦魔剣供養　⑧荒波越えて

浜町様　捕物帳シリーズ
①大殿と若侍　②生き人形　③子連れ武骨侍

評定所留役　秘録シリーズ
①父鷹子鷹　②掌中の珠　③天領の夏蚕　④火の車　⑤鷹は死なず

森　詠（もり・えい）

会津武士道シリーズ
①ならぬことはならぬものです

剣客相談人シリーズ
①長屋の殿様 文史郎　②狐憑きの女　③赤い風花　④乱れ髪 残心剣　⑤剣鬼往来　⑥夜の武士　⑦笑う傀儡　⑧七人の刺客　⑨必殺、十文字剣　⑩用心棒始末　⑪疾れ、影法師　⑫必殺迷宮剣　⑬賞金首始末　⑭秘太刀 葛の葉　⑮残月殺法剣　⑯風の剣士　⑰刺客見習い　⑱秘剣 虎の尾　⑲暗闇剣 白鷺　⑳恩讐街道

十手婆　文句あるかいシリーズ
①火焔太鼓　②お狐奉公　③破れ傘

↑　この線で切

↑　のりしろ　↓

全国各地の書店にて販売しておりますが、品切れの際はこの封筒をご利用ください。

安心の直送（冊子小包ほか）が便利です！

●お求めのタイトルを○で囲んでお送りください。代金は商品発送時に請求書を同封いたしますので、専用の振込み用紙にて商品到着後、一週間以内にお支払いください。なお、送料は1冊215円、2冊310円、4冊まで360円。5冊以上は送料・無料サービスいたします。尚、離島・一部地域は追加送料がかかる場合がございます。

＊この中に現金は同封しないでください

●当社規定により先払いとなる場合がございます。

●お買いあげになった商品のアンケートだけでもけっこうですので、切り離してお送りいただければ幸いです。ぜひとも御協力をお願いいたします。

商品の特性上、不良品以外の返品・交換には応じかねます。ご了承ください。

●当社では、個人情報の紛失、破壊、改ざん、漏洩の防止のため、細心の注意を払っており、個人情報は外部からアクセスできないよう適切に保管しています。

＊書名に○印をつけてご注文ください。

は84円切手。アンケートのみの場合は、63円切手を貼り、裏面のキリ

…でてください　↓ のりしろ

今月の新[刊]

…しき・かつら）
…湯屋 本丸 目付部屋11（22060）［発売日4／25］
…の騒ぎで明らかになる薬湯を隠れ蓑にした悪巧みと[illegible]目付の活躍。

早見 俊（はやみ・しゅん）
逃亡！ 真実一路 椿平九郎 留守居秘録5（22061）［発売日4／25］
将軍の側室を妹にもつ若林新次郎が、盗み火付け探索で平九郎に協力を求めるが濡れ衣を着せようと……。

森 真沙子（もり・まさこ）
夜明けの舟唄 柳橋ものがたり8（22062）［発売日4／25］
江戸城無血開城に成功した山岡鉄太郎は、横濱の軍陣病院まで益満休之助を運ぶ。だが破傷風にやられ……。

青田 圭一（あおた・けいいち）
奥小姓 裏始末シリーズ
①斬るは主命 ②ご道理ならず ③福を運びし鬼 ④公達の太刀
⑤二人の手練

浅黄 斑（あさぎ・まだら）
無茶の勘兵衛日月録シリーズ
①山峡の城 ②火蛾の舞 ③残月の剣 ④冥暗の辻
⑤刺客の爪 ⑥陰謀の径 ⑦報復の峠 ⑧惜別の蝶
⑨風雲の谺 ⑩流転の影 ⑪月下の蛇 ⑫秋蜩の宴
⑬幻惑の旗 ⑭蠱毒の針 ⑮妻敵の槍 ⑯川霧の巷
⑰玉響の譜 ⑱風花の露 ⑲天空の城 ⑳落暉の兆

麻倉 一矢（あさくら・かずや）
剣客大名 柳生俊平シリーズ
①将軍の影目付 ②赤鬚の乱 ③海賊大名 ④女弁慶
⑤象耳公方 ⑥御前試合 ⑦将軍の秘姫 ⑧抜け荷大名
⑨黄金の市 ⑩御三卿の乱 ⑪尾張の虎 ⑫百万石の賭け
⑬陰富大名 ⑭琉球の舞姫 ⑮愉悦の大橋 ⑯龍王の譜
⑰カピタンの銃 ⑱浮世絵の女
上様は用心棒シリーズ
①はみだし将軍 ②浮かぶ城砦
かぶき平八郎 荒事始シリーズ
①残月二段斬り ②百万石のお墨付き

井伊 和継（いい・かずつぐ）
目利き芳斎 事件帖シリーズ
①二階の先生 ②物乞い殿様 ③猫化け騒動

飯島 一次（いいじま・かずつぐ）
小言又兵衛 天下無敵シリーズ
①血戦護持院ヶ原 ②将軍家の妖刀

井川 香四郎（いかわ・こうしろう）
ご隠居は福の神シリーズ
①ご隠居は福の神 ②幻の天女 ③いたち小僧 ④いのちの種
⑤狸穴の夢 ⑥砂上の将軍 ⑦狐の嫁入り ⑧赤ん坊地蔵

瓜生 颯太（うりゅう・そうた）
罷免家老 世直し帖シリーズ
①傘張り剣客 ②悪徳の栄華 ③亡骸は語る

大久保 智弘（おおくぼ・ともひろ）
天然流指南シリーズ
①竜神の髭

沖田 正午（おきだ・しょうご）

好評既刊

和久田正明（わく…
空飛ぶ黄金 怪盗 黒猫4…
[illegible]

瓜生颯太（うりゅう・そうた）
亡骸は語る 罷免家老 世直し帖3（22046）［発売日3／25］
炭問屋の骸に梅の花弁。医者の骸は下帯ひとつ。芸者の骸は髪をばっさり。旗本の骸は両手に桃と草餅。罷免家老が挑む！

藤 水名子（ふじ・みなこ）
猟鷹の眼 古来稀なる大目付5（22047）［発売日3／25］
長年密偵の元盗賊が、なぜか狙われる。敵の目的は、何なのか？ その深謀遠慮に挑むため、大目付自らが囮になるか？

①人生の一椀 ②倖せの一膳 ③結び豆腐 ④手毬寿司
⑤雪花菜飯 ⑥面影汁 ⑦命のたれ ⑧夢のれん
⑨味の船 ⑩希望粥 ⑪心あかり ⑫江戸は負けず
⑬ほっこり宿 ⑭江戸前 祝い膳 ⑮ここで生きる ⑯天保つむぎ糸
⑰ほまれの指 ⑱走れ、千吉 ⑲京なさけ ⑳きずな酒
㉑あっぱれ街道 ㉒江戸ねこ日和 ㉓兄さんの味 ㉔風は西から
㉕千吉の初恋 ㉖親子の十手 ㉗十五の花板 ㉘風の二代目
㉙若おかみの夏 ㉚新春新婚 ㉛江戸早指南 ㉜幸くらべ
㉝三代目誕生 ㉞料理春秋

小杉 健治（こすぎ・けんじ）
栄次郎江戸暦シリーズ
①浮世唄三味線侍 ②間合い ③見切り ④残心
⑤なみだ旅 ⑥春情の剣 ⑦神田川斬殺始末 ⑧明烏の女
⑨火盗改めの辻 ⑩大川端密会宿 ⑪秘剣 音無し ⑫永代橋哀歌
⑬老剣客 ⑭空蟬の刻 ⑮涙雨の刻 ⑯闇仕合〈上〉
⑰闇仕合〈下〉 ⑱微笑み返し ⑲影なき刺客 ⑳辻斬りの始末
㉑赤い布の盗賊 ㉒見えない敵 ㉓致命傷 ㉔帰って来た刺客
㉕口封じ ㉖幻の男 ㉗獄門首

高城 実枝子（たかぎ・みえこ）
浮世小路 父娘捕物帖シリーズ
①黄泉からの声 ②緋色のしごき ③髪結いの女

辻堂 魁（つじどう・かい）
花川戸町自身番日記シリーズ
①神の子 ②女房を娶らば

早見 俊（はやみ・しゅん）
椿平九郎 留守居秘録シリーズ
①逆転！評定所 ②成敗！黄金の大黒 ③陰謀！無礼討ち ④疑惑！仇討ち本懐
⑤逃亡！真実一路
居眠り同心 影御用シリーズ
①源之助人助け帖 ②朝顔の姫 ③与力の娘 ④犬侍の嫁
⑤草笛が啼く ⑥同心の妹 ⑦殿さまの貌 ⑧信念の人
⑨惑いの剣 ⑩青嵐を斬る ⑪風神狩り ⑫嵐の予兆
⑬七福神斬り ⑭名門斬り ⑮闇の狐狩り ⑯悪手斬り
⑰無法許さじ ⑱十万石を蹴る ⑲闇への誘い ⑳流麗の刺客
㉑虚構斬り ㉒春風の軍師 ㉓炎剣が奔る ㉔野望の埋火〈上〉
㉕野望の埋火〈下〉 ㉖幻の赦免船 ㉗双面の旗本 ㉘逢魔の天狗
㉙正邪の武士道 ㉚恩讐の香炉
勘十郎まかり通るシリーズ
①闇太閤の野望 ②盗人の仇討ち ③独眼竜を継ぐ者

番 大介（ばん・だいすけ）

取ってください　↑ のりしろ

⇓ 書籍をご注文の…
…線で切断して投函してください。

不機嫌ゆえ、若林は言葉遣いもぞんざいになっている。雷太を死なせ、肝心の三吉や一味の隠れ家、盗んだ金を回収できないとなれば、捕物は失敗、若林は大いなる失態を演じたことになる。

「三吉捕縛の吉報（きっぽう）を待ちたい、と存じます」

平九郎は言ったがこれが勘に障ったようで、

「何が吉報じゃ。取り逃がしたことがうれしいのか」

「滅相（めっそう）もありません。お気に障ったのならお詫び申し上げます」

平九郎は一礼した。

若林は舌打ちをした。

程なくして、何人かの遊撃組の配下が戻って来た。みな、三吉を取り逃がしたと報告をした。若林の眉間（みけん）に血筋が浮かぶ。

「なんとしても探し出せ」

若林は強い口調で命じた。

彼らは鞭を打たれたようにしゃんとなって走り出した。

平九郎も追いかけようとしたが、

「待たれよ」

若林に呼び止められた。それは、有無を言わせない強い口調だ。焦りに加えて平九郎への敵愾心が感じられる。若林は今回の失態を平九郎のせいだと思っているようだ。

しかし、自分が雷太を見つけた時には既に何者かによって雷太は殺されていたのである。今、そのことを言ったところで頭に血が上っている若林が聞く耳を持ってくれるか。

そうだ、普段の若林は他人の意見に広く耳を傾ける、と言っていたではないか。

平九郎は若林の言葉を待った。

「おかしい」

若林は呟いた。

「…………」

黙って平九郎は目で問い直した。

「何かおかしい、そうは思われぬかな」

落ち着きを取り戻したようで若林の言葉遣いは丁寧になった。ただ、表情は強張ったままで気持ちがぴりぴりとしているのは手に取るようにわかる。

「企て通りであると存じます。いや、その、三吉の捕縛はまだですが、企ての通り、雷太は三吉と合流しようとしました。その点が若林殿のお考えに沿った展開となりました。まことに慧眼であると拝察いたします」

気遣って返したつもりだったが若林の表情は一向に和まず、

「雷太は斬られた、何故でしょうな」

若林の目は疑念に彩られた。

「それは、捕物のどさくさで……」

どさくさで殺されたのだ、と平九郎は言った。

「そうであろうかな。それと、三吉一味、どうして雷太が火盗改の役宅から抜け出たことを知ったのでしょうな」

若林の疑問は平九郎も感じたことである。わたしも疑問です、と言おうとしたが若林の表情は平九郎を拒絶している。男前だけに、非情さが際立っていた。

声も妙に冷めており、深い疑念に彩られていた。

平九郎の胸がざわついた。

「わが遊撃組の者が雷太を殺すはずはない。それでは、なんのためにこんな面倒な企てをしたということになりますからな」

若林の言葉に、

「いかにも、ごもっともですな」

平九郎は賛同した。

「では、三吉一味に殺されたのでしょうかな」

若林は執拗だ。

「それもないでしょう。雷太を殺す意味がありません」

平九郎が否定すると、

「口封じではないのか」

若林は考えを述べ立てた。

「口封じをする目的は雷太に金の隠し場所、三吉一味の隠れ家を白状されては困る、ということですね」

平九郎の推察に若林はうなずいた。

「それなら、白状されてもいいように隠れ家を移せば事足りるのではないでしょうか」

「それは、その通り。三吉は雷太が火盗改から逃亡するのを待っているはずもないですからな。とすると、雷太を殺したのは三吉一味でもない」

若林は平九郎を見返した。

ぞっとするような目つきであった。

「となると、雷太を斬ったのは……」

若林は雷太の亡骸を検めた。

「なるほど、とても鮮やかな手並みだ。袈裟懸けにばっさり……下手人は相当の手練だと思われるな」

「そのようですな」

平九郎は咽喉がからからに乾いた。

「雷太を知り、雷太を斬ることができた者、しかもその者は相当に腕が立つ……」

思わせぶりな若林に、

「まさか、わたしが斬った、とお疑いでございますか」

平九郎は声を上ずらせた。

「そうなのですかな……椿平九郎殿、身に覚えがあるのですかな。ああ、そうだ。先ほどの疑問……どうやって三吉一味は雷太が今夜火盗改の役宅を出るのを知ることができたのか……捕方に内通する者がおればたやすいことですな」

若林は不気味な表情を浮かべながら、問い直してきた。顔色は平九郎への疑惑に染まっている。平九郎が三吉に内通した、と決めてかかっている。

「斬っておりませぬ。わたしが駆けつけた時には、雷太は既に斬殺されておりました」

平九郎は言った。

「そうですかな」

若林はにたりとした。

そこへ、遊撃組と牧村がやって来た。

「申し訳ございませぬ。韋駄天小僧三吉、取り逃がしました。いやあ、面目ござらぬ。盗人一味を誉めるわけではござらぬが、さすは飛脚上がり、逃げ足が速いのなんの」

息を調えながら牧村は早口に捲し立てた。

「それは残念」

若林は牧村や配下の者を咎めることはせず、雷太が惨殺されたことを話した。

牧村は驚きの目をし、

「一体、誰に」

と、呟いた。

若林は平九郎を見て、

「おそらくは……」

すると牧村は更に驚きの度合いを深めて平九郎に尋ねた。

「椿殿がどうして雷太を斬ったのだ……雷太が抗ったのですかな」

「わたしは斬っておりませぬ。雷太は丸腰です。丸腰の者を斬るようなことはしません」

平九郎は語るうちに胸が熱くなった。

「そうであろうと思うが……」

牧村は半信半疑の様子で若林を見た。

「わたしは斬っていない」

平九郎は声を大きくした。

「椿殿、往生際が悪いですぞ」

若林は冷笑を放った。

「若林殿、冗談ではござらぬ。一体、わたしが雷太を斬って何になるのですか。そもそも、殺す理由がない」

平九郎は毅然と反論した。

「そうであろうか」

思わせぶりに若林は言葉を止めた。

「なんですか、はっきりと申されよ」

つい、平九郎はむきになった。

「韋駄天小僧三吉一味が実際には盗みに入らなかったにもかかわらず、大内家は盗みに入られた、と虚偽の報告をしましたな」

突然、若林は三吉一味が盗み入ったことの誤りを持ち出した。

どうして若林は知っているのだ。

話さずにいたではないか。

いや、今はそんなことはどうでもいい。今は誤解を解かねば。

「若林殿にお報せしなかったのはお詫び申し上げます。ですが、ここで正確に申し上げたい。まず、若林殿は思い違いをなさっておられます。虚偽の報告ではなく、火盗改へ何者かが投げ文をして当家に三吉一味が盗み入ったとわかったのです」

平九郎が語ると若林は口を閉ざしている。そんなことはどうでもいい、と目は言っていた。

「まず、そのことを申し上げてから、改めてお報せを致します。大内家上屋敷に三吉一味が盗み入ったというのは誤りでござりました。当家の恥でござりますが、勘定方の役人が公金を横領したのを胡麻化すために韋駄天小僧三吉一味に千両を盗まれたことに偽装したのです。従いまして、三吉一味は大内家上屋敷には盗み入っておりませぬ」

平九郎の説明を牧村は納得したと、受け入れてくれた。

しかし、若林は不気味な沈黙を守っている。

「なるほど、そうした事情でござったか」

意地悪く若林は言う。

牧村が、

「筋が通っておるように思えます」

と、助け船を出してくれた。

「筋は通っておるでしょう。しかし、こうも考えられる」

平九郎ではなく牧村に向いて若林は言った。

「なんでしょうか」

平九郎も受けて立とうと身構える。

「その前に訊きたい。韋駄天小僧の三吉、どうして大名屋敷にばかり押し入るのでしょうな」

若林は言った。

「さて、わたしに訊かれましてもお答えしようがありませぬ」

平九郎は困惑した。

「三吉の腹を読むことはできませぬが、こうは考えられますぞ」

勿体をつけて若林が言うには、三吉一味は大名屋敷に奉公していたのだろう。

そして、韋駄天小僧の三吉一味の黒幕は大内家の者である、と若林は結論付けた。

「そんな馬鹿な」

平九郎は牧村を見た。

「椿殿のおっしゃる通りでありますぞ。まさしく、絵空事ではありませぬか」

牧村も受け入れられないと否定した。

「そうであろうか」

若林は疑いを解いていない。

「いくら、公儀目付の若林殿でもこれは無礼極まることではござらぬか」

平九郎は断固とした口調で抗議をした。

対して、若林は冷めた声で返した。

「詳しい話は火盗改で聞こう」

抗議しようと平九郎は一歩踏み出した。

「椿平九郎に縄を打て」

若林は凛とした声で遊撃組に命じた。

第四章　咎人平九郎

一

平九郎は駕籠に乗せられ、火盗改の役宅へと連れて行かれようとしている。

駕籠に揺られながら平九郎は今後に思案を巡らす。巡らす、と言っても脳裏に浮かぶのは悪い事態ばかりである。

闇に滲む御用提灯の灯が眩しい。

「大丈夫じゃ、わしは椿殿の潔白を信じておる」

励ますように牧村が声をかけてきた。提灯の灯りのように心細い言葉だが、牧村の信頼は希望の灯のようにも感じる。いや、牧村の言葉は感謝とともに牧村の信頼に応えたいという使命感を喚起させてくれた。

「かたじけない」

感謝を込めて平九郎は返す。牧村は駕籠の横に付いたままだ。

平九郎は続けた。

「わたしは潔白ですが、御家に迷惑がかかります」

平九郎が懸念(けねん)を伝えると、

「椿殿のご心中、お察し致す。わしもできる限り、貴殿の濡(ぬ)れ衣(ぎぬ)を晴らすため奮闘するつもりです」

牧村の言葉は重ね重ねありがたいが、このままでは濡れ衣が晴れるどころか、濡れ衣を着せられたまま処罰されてしまいそうだ。自分が処罰されるのは受け入れられるとして、留守居役という立場上、禍(わざわい)は大内家に及ぶ。幕府は藩主盛義の責任を追及するだろう。

そうだ、花膳で牧村が言っていた。

若林は野心家、とにかく大きな手柄を立てたがっている。それゆえ、目付の領分を超えた役目を担っているが、それがうまくいっているうちにはいい。しかし、失敗したなら差配違いを咎められる。

差配違い……。

この時代、差配すなわち役目の領分に関しては厳格だった。役目違いの領分に踏み込むのは原則として禁じられている。

とは言え、役目の境に跨るような事案が起きるのが現実だ。そのために評定所がある。評定所を構成する寺社奉行、町奉行、勘定奉行、大目付、目付は差配の跨った事件、問題を吟味して裁許する。また、大名家の御家騒動といった大がかりな問題なども扱うのだ。

評定所は差配違いの事件、問題を解決する幕府の公的な機関であるが、評定所とは別に特例がある。

将軍の意向だ。

将軍の意向は幕府の法度の上にある。つまり、将軍が認めれば差配違いの役目も遂行できるのだ。

若林は将軍徳川家斉の側室、お千代の方の兄に当たる。このため、家斉の覚えもめでたい。それに胡坐をかくことを良しとせず、若林は目覚ましい功を挙げようとしているのだ。

いくら将軍でも旗本にある者を身贔屓で大名にすることはできない。八代将軍吉宗は旗本であった大岡越前守忠相を大名に引き上げたが、それは大岡の多年に亘っての目覚ましい働き、功績に対しての沙汰であった。

いきなり大名に格上げしたのではなく、町奉行として江戸の民政だけではなく評定所の構成員として数多の紛争を吟味、更に吉宗から任された特務への働きぶりを評価され、徐々に加増された結果として一万石の身代となって大名の資格を得たのである。

若林の野望が大名に格上げされることにあるかどうかはわからないが、幕府の要職を目指しているのは確かだ。家斉の寵愛を後ろ盾に功績を挙げる立場に立った以上、何が何でも功を立てようと粉骨砕身するはずだ。

そのため、大名屋敷に忍び込み、盗みや火付けを繰り返す韋駄天小僧三吉捕縛を買って出た。頭越しに差配違いの役目を担われた火盗改が面白かろうはずはないし、三吉一味の被害に遭った大名家も面目が丸潰れである。

火盗改に実績を見せつけるには、平九郎捕縛はもってこいの実績だと若林は考えているのではないか。更に勘繰れば、椿平九郎を餌に羽後横手藩大内家を釣り上げようとしている……。

疑念と不安に駆られ、

「闇の頭にされる……」

という言葉が口をついて出てしまった。平九郎の呟きは牧村の耳に達した。

と、やおら、

「止まれ！」

牧村は行列を止めた。

「仕方がない。出物腫れ物、所嫌わずじゃ」

独り言を漏らし、牧村は平九郎が小用を訴えていると言った。

「牧村殿……」

平九郎は訝し気な目を牧村に向ける。

「構わぬ、小用じゃ」

牧村は平九郎を駕籠から出した。

「なんだか、わしも催してきたぞ。歳のせいかな」

ぶつぶつ言いながら、平九郎の監視を兼ね、牧村が付き添った。目についた藪の中に分け入る。

牧村は平九郎の縄を解いてくれた。

「時がないゆえ申す。椿殿、逃げよ」

牧村は言った。

「…………」

平九郎は無言で見返した。

「このまま火盗改に連れて行かれれば、ろくな吟味もなく、貴殿は韋駄天小僧三吉一味の闇の頭にされる。少なくとも三吉一味に加担したことにされる」

「それはわかります。ですが、わたしはあくまで身の潔白を申し立てます。いくら若林殿が強引な吟味を進めようと、確かな証はないのです。評定所で正々堂々、申し開きをすれば、証なきわたしを三吉一味を操る黒幕として裁くことはできませぬ」

平九郎は正論を展開した。

「尤も至極である。だが、わしが危惧するのは、評定所の吟味まで貴殿が生かされているかどうかじゃ」

不穏なことを牧村は口に出した。

「では、わたしは殺される……韋駄天小僧三吉一味の闇の頭に仕立てられたまま、身の潔白を明らかにする機会すら得られず、口を塞がれてしまうのでしょうか」

唇を嚙み、平九郎は返した。

「望みを砕くようですまぬが、若林殿の心中を推し量れば、そう考えざるを得ない。よって、逃げるべきじゃ。逃げている間に濡れ衣を晴らすのだ。また、大内家とて黙ってはいないじゃろう。椿殿のために動くはずじゃ。今は、一時でも命を永らえる、一時でも自由の身でいるのが肝要ではないか。若林新次郎の悪事を暴き立てる。わしもできる限りのことはする。若林は貴殿に狙いをつけ、そこから大内家を……」

牧村は危ぶみの目をした。最早、若林を呼び捨てにしているのと考え併せ、牧村も若林の陰謀を憎み、恐れているようだ。

「大内家を潰すつもりでしょうか」

平九郎の最大の危惧を問いかけた。

「本音は潰したいだろう……大名を潰したとなれば大いに盛名を轟かせることができる。しかし、実際、大名家改易となると大事じゃ。潰すまではいかずとも、減封に持ち込めば大いなる手柄となる。いずれにしても大内家に大きな責任を負わせるじゃろう」

淡々とした口調の中にも牧村は若林への嫌悪を滲ませた。

「何故、大内家を」

平九郎は歯噛みした。

「特別に大内家に恨みもなければ大内家でなくてはならない、ということもなかろう。手柄を立てられれば何処の大名でもよいのだろう」

薄く笑いながら牧村は言った。

「しかし、そんな露骨な出世欲、幕閣の中には若林への反感を抱く者はおりましょう。いくら、公方さまの寵愛を受ける御側室の兄とはいえ、公方さまの身贔屓だけでは政は成り立ちませぬ」

政の公正を願い、信じながら平九郎は返した。

「まさしく正論じゃ。実際、幕閣にあって若林の評判は必ずしもよくはない。老中、若年寄の中には公方さまの身贔屓で重用される若林に反感を抱く者もおられるようじゃ。じゃがな、大内家を改易まではいかずとも減封に処すことができれば、公儀の威信は大いに上がる。泰平の世にあって合戦以外で公儀の威信を全国の大名に行き渡らせるには格好じゃ。よって、若林への反感を封じ込めて大内家への処罰に加担するかもしれぬ」

牧村の見通しは悲観的であり現実的でもあり、言葉が出てこない。

「さあ、急げ……そうじゃ、わしは捕方を誘導する。椿平九郎は大内家上屋敷に向かったようだ、と告げる。捕方の目が上屋敷に向く間に逃げよ」

強い口調で平九郎に語りかけ、牧村はしゃがみ石を拾った。

「これで、わしの顔を殴れ」

と、立ち上がって石を平九郎に渡した。

石を手に平九郎が躊躇いを示すと、

「遠慮はいらん。手加減は無用。いや、手加減してはならぬ。思い切り殴れ……さあ、早く……殴られないとわしも怪しまれる」

牧村は顔を突き出した。

平九郎は一礼して石を振り上げた。

「刀も持ってゆけよ」

親切にも牧村は平九郎の丸腰の心配までした。

「御免！」

声をかけてから平九郎は石で牧村の頰を殴った。牧村は吹っ飛んだ。やり過ぎたかと心配して覗き込む。牧村は手で顔を覆いながら早く行けと右手を振り、腰の刀を指差した。

平九郎は鞘ごと刀を抜き、自分の腰に差した。次いで脱兎(だっと)の勢いで飛び出し、闇に溶け込んだ。

背後で、

「何をする！」

牧村の叫び声が聞こえた。

いつの間にか亥待月が夜空を彩っていた。

火盗改へ連れて行かれずに済んだが、さて、これからどうすればよいのか。

まずは、自分が濡れ衣を着せられたことを大内家に伝えなければならない。

上屋敷に向かうのはまずい。

上屋敷に行くには江戸市中に入らねばならない。上屋敷に辿り着くまでに捕縛される恐れがある。闇の中に身を置き、今晩くらいはやり過ごせるかもしれないが、夜が明ければ、さて、どうしたものか。

大殿を頼るか。向島の下屋敷はここから十町ほどだ。

盛清は匿ってくれるか。

盛清に処罰されたり、若林に突き出されるのなら素直に従おう。

意を決して平九郎は下屋敷へと向かうことにした。

闇に身を潜めていると、牧村の声が聞こえた。牧村は平九郎が南に向かった、と捕方に告げ、上屋敷に逃げ込むようだ、と推測を言い添えた。

平九郎へ言ったように牧村は捕方の目を上屋敷に向けてくれた。

無事、向島の下屋敷に至った。

幸い若林の手は及んでいない。牧村に感謝した。

御殿の書院で盛清に面会した。盛清は寝間着姿である。

「なんじゃ、騒々しい」

寝入り端を起こしおって、と盛清は不機嫌である。

平九郎は若林が編成する遊撃組の韋駄天小僧三吉一味捕縛に加わって、火盗改の役宅を脱走した雷太を追ったこと、そこで雷太が殺され、自分が三吉一味の闇の頭に仕立てられそうになったことを話した。

あくび混じりに聞いていた盛清であったが、平九郎が闇の頭に仕立てられそうになっていると聞くに及び、

「若林め、常軌を逸しおったか」

と、血相を変えた。

「この上は身の潔白を晴らそうと考え、牧村殿の好意に甘え、逃亡してまいりました」

平九郎は言い添えた。

「清正、おまえという奴はどこまでわしに迷惑をかけるのじゃ」

盛清は渋面を作ったものの、機嫌は直っている。面白がってさえいるようだ。申し訳ございませぬ、と平九郎が詫びると、

「しかし、身の証を立てると申しても、探索をするには、この屋敷にじっと隠れておってもできぬな」

盛清の言う通りである。

「むろん、わたしとて大殿の下で身を潜めておるつもりはござりませぬ。こちらに参りましたのは、大殿にわたしの潔癖をお伝えし、ひいては殿や御家老にもお報せ頂きたいからでござります」

声を励まし、平九郎は本音を打ち明けた。

「承知した」

盛清は理解してくれた。

「畏れ入りましてございます」

平九郎は平伏した。

「やはり、気楽を頼るのがよかろう。今夜中に気楽に報せる」

佐川権十郎と共に探索をするよう盛清は命じた。

「佐川さんにも迷惑をかけます」

平九郎は頭を掻いた。

「なに、あいつはどうせ暇だし、こういったことは好きじゃ。むしろ、勢いづいておまえを助けるだろう」

盛清は笑った。

盛清の笑顔を見るとほっと安堵した。何より、自分を信頼してくれたのがうれしい。平九郎の事情説明を盛清は一切の疑問を差し挟むことなく受け入れてくれたのだ。

「そうと決まったら休め、それとも気を和らげるため、わしが義太夫を聞かせてやろうか」

盛清の好意は受けず、寝ることにした。

二

その頃、大内家上屋敷を若林新次郎が訪れていた。

御殿の客間で若林は矢代と面談に及んだ。

火急の用向きということで若林は韋駄天小僧三吉一味捕縛の捕物から駆けつけて来

た、という体裁のまま、火事羽織に野袴という捕物装束である。

「夜分、また、このような無粋な格好で面談を請うたこと、平にご容赦くだされ」

まずは、そのことを若林は詫びた。

裃に威儀を正した矢代はうなずき、目で用向きを問いかけた。

「大内家留守居役、椿平九郎殿を捕縛致しました」

単刀直入に若林は告げた。

「………」

普段通りの無表情ながら、さすがに矢代も言葉を返せない。

若林は空咳を一つこほんとしてから、平九郎が韋駄天小僧三吉一味を操る闇の頭である、とした容疑を語り、

「詳細は火盗改の役宅にて吟味を致す所存です」

と述べ、ご承知願いたい、と要請した。

「お話はわかりました。俄かには信じ難い話でござりますな……」

何か証でもあるのか、という言外の意味を矢代は問いかけに込めた。

「申し上げた如く、詳細は明日以降の取調べによって明らかとなりましょう」

若林は繰り返した。

「ならば、椿の身、当家にお引き渡し頂きたい。当家にて吟味を行いましょう。むろん、吟味の場には若林殿並びに御公儀のしかるべきお方の立ち会いをお願いしたいと存じます。いかがでございましょうか」

乾いた口調の中に強い意思を込めて矢代は願い出た。

「それはできませぬな」

即座に若林は拒絶した。

「是非ともお願い致す」

矢代は繰り返した。

「矢代殿、椿平九郎殿は捕物の最中に殺しを犯したゆえ、その場で召し捕ったものでございますぞ。我らが大内家の藩邸に踏み込んでの捕縛ではございませぬ」

若林は譲らない。

矢代が反論しようとするのを制し、若林は続けた。

「ご存じの通り、たとえ大名家の家臣であろうと、江戸市中で乱暴狼藉を働けば、町方の役人でも捕縛することができますぞ」

「承知しております。ですが、町方にて捕縛された者は大名家に引き渡され、大名家で処罰するのも倣いでございますぞ」

矢代も主張した。

「倣いかもしれませぬが、法度ではござらぬ。今回、韋駄天小僧三吉一味は大名屋敷に押し入る大盗賊でござる。まさしく公儀の面目でお縄にした盗人、それがしは三吉一味を捕縛し、盗まれた金を取り戻す特務を畏れ多くも上さまから担っており申す。よって、御当家にお引き渡しはできませぬ」

将軍家斉の権威を振り翳し、若林は矢代の申し出を突っぱねるつもりのようだ。将軍の権威を前面に出されては、慎重に対処しなければならない。一時の感情で若林の申し出を拒否はできないのだ。

ここは時を稼ぎ、よくよく思案をしよう。

「拙者の一存で承諾するわけにはまいりませぬ」

「よろしかろう。山城守さまのご了承を頂いてくだされ」

若林は譲歩した。

「殿が承知するかどうかはわかりませぬ」

矢代が牽制すると、

「ご承知頂くよう矢代殿から説得してくだされ」

若林の顔には蔑みの笑みが浮かんでいる。どうせ、盛義は重臣たちの言いなりの御神輿なのだろうと、言っているようだ。

一礼し、矢代は座を立った。


奥書院で矢代は盛義と面談に及んだ。

小袖を着流した盛義は雪乃が食欲を回復したことで機嫌が良い。

「なんじゃ、こんな夜更けに……あ、そうか。平九郎が手柄を立てたのじゃな。苦しゅうない。目通りを許すぞ」

盛義は首を伸ばした。

ゆっくりと矢代は首を左右に振り、

「椿平九郎、公儀御目付、若林新次郎殿により召し捕られ、その身は火盗改の役宅に向かっておるとのことでござります」

と、かいつまんで平九郎捕縛を報告した。

盛義はきょとんとなった。

あまりにも予想外の事態に直面し、混乱した頭を整理するようにしばらく口を閉ざした後、

「平九郎が召し捕られたじゃと……韋駄天小僧三吉を平九郎が召し捕ったのではない

のか。矢代、申しておることの意味がわからんぞ」

困惑の度合いを深め、盛義は眉根を寄せた。矢代はもう一度、若林から聞いた平九郎捕縛の経緯を噛んで含めて語った。

盛義は虚空（こくう）を見つめ、

「そんな馬鹿な……平九郎が韋駄天小僧三吉一味の黒幕じゃと……草双紙じゃあるまいし芝居でもあるまい」

と、首を何度も横に振った。

「まさしく馬鹿げております」

矢代も賛同すると、

「そうであろう。若林は思い違いも甚だしいではないか」

盛義は怒りを示した。

「お怒りごもっともなれど、椿が若林殿によって捕縛されたのは事実でありましょう。このままでは、若林殿による吟味が進められるのも必定の流れとなります」

「吟味などせずとも、平九郎の濡れ衣は明白ではないか」

盛義は言葉を荒らげた。

日頃、大人しい盛義であるが、気性の激しい面もあるのは父盛清譲りであるようだ。

「平九郎の無実は明らかですが、当家に椿の吟味を中止させることはできませぬ」

「そうであろうな……」

途端に盛義は意気消沈した。

「若林殿にはせめて椿を当家に引き渡し、当家にての吟味を行いたい旨、お願いしております。殿の意向も同じ、と伝えてよろしゅうござりますか」

矢代の申し出を、

「よかろう！」

盛義は普段とは格段に違う強い気持ちを込めて了承した。

「しかし、若林殿は承知くださりませぬ。頑として」

弱気を見せた矢代に、

「ならん、ならんぞ」

盛義は大きな声を上げた。

「ですが、若林殿は公儀の威光を笠に着て、こちらの求めには応じないおつもりのようです」

淡々とだが矢代は悔しさを滲ませた。

「父が聞いたら、絶対に許さないであろう」

盛義の言う通りであろう。盛清ならば若林であろうと追い返すかもしれない。

「ならば、当家としましては椿の身柄、あくまで引き渡しを願うものとして返答を致します」

矢代は立ち上がろうとした。

それを、

「待て」

と、盛義は呼び止めた。浮かした腰を落ち着け矢代は盛義に向いた。

「余からも頼もう」

盛義は言った。

「殿が……」

矢代は思わず聞き直した。

「そうじゃ。余からも平九郎の引き渡しを若林に頼む」

かっと両目を見開き、盛義は繰り返した。

「承知致しました。では、若林殿をお連れ致します」

矢代は奥書院を出た。

客間に戻ると、

「山城守さま、ご承知くださりましたか」

若林は矢代の顔を見るなり問いかけてきた。

「そのことに関しまして、殿自ら若林殿と話をしたい、と申されております」

矢代は言った。

「ほう、山城守さまが……まこと光栄の至りですが、何分にもこの形でございます」

両手を広げ、若林は捕物装束の無作法を気にした。

「火急の用向きであることは殿も承知でございます」

慇懃に矢代は返した。

「ならば、無礼を承知でお目通りを願いましょう」

若林は立ち上がった。


矢代は若林の案内に立ち、盛義の待つ奥書院に入った。

やや緊張の面持ちで盛義は若林を迎えた。若林が型通りの挨拶を終えたところで、

「用向きは矢代より聞いた。当家の椿平九郎を捕縛したそうであるな。その後の吟味も若林殿が火盗改役宅にて行われる、とのこと」

と、確認した。

「仰せの通りにござります」

威儀を正し、若林は答えた。

「当家としては若林殿の申し出には応じられぬ。速(すみ)やかに椿平九郎の身柄を当家に引き渡して頂きたい。当家にて椿の吟味を行う所存である。むろん、公正な吟味が行われるよう若林殿や公儀の方々の立ち会いは受け入れますぞ」

盛義には不似合いなはっきりとした物言いで要請した。

若林は盛義を見返し、

「山城守さまのお気持ちはよくわかります。ですが、椿平九郎の吟味は公儀にて行いたいと存じます。そのこと、七重(ななえ)の膝を八重(やえ)に折ってもお願い致したい」

と、平伏した。

「できませぬな」

盛義は拒絶した。

三

不穏な空気が漂った。

「どうあってもですか」

若林の目が剣呑に彩られた。

「武士に二言はなし、じゃ」

盛義は強い意思を示した。

「そうですか」

若林はため息を吐いた。

盛義は口を閉ざした。

若林は思案に耽るように虚空を見つめた。眉間に皺が刻まれ、苦悩に身を浸している。盛義はそっぽを向き、若林の申し出を拒絶する態度を取り続けた。矢代ものっぺらぼうと化し、口を閉ざしている。

しばし重苦しい空気が流れてから、

「わかりました」

盛義の強固な意志を感じ取ってか、若林は引き下がった。

「それは、椿を当家に引き渡す、ということであるな」

盛義は念押しをした。

「はい……」

若林は小さな声で返事をした。

矢代には意外な思いであった。若林が折れるとは思っていなかったのだ。何か魂胆あってのことか、と勘繰ってしまう。

しかし、盛義は手放しの喜びようで、

「かたじけない」

と、礼を述べ立ててから、

「矢代、早速火盗改の役宅に引き渡しの使いを出せ」

と、明朗な声音で命じた。

「御意」

不安を払うように、若林の気が変わらないうちに矢代も力強い声で返答した。

若林は、

「椿殿は幸せ者でござりますな」

と、笑顔を見せた。

盛義はおやっとなった。

「殿自らが椿殿の身を心配なさっておられる。家臣としてこれ以上の幸せはござりますまい」

若林は矢代を見た。

「まこと、椿は果報者(かほうもの)です。椿に限らずわが殿の家臣にかける慈愛は深いものでござります。だからと申して、罪を犯せば厳正なる吟味を加えて後に処罰を致します」

矢代は強調した。

「大内家にて公正なる吟味が行われること、それがしも信じております」

慇懃(いんぎん)に若林は返した。

盛義はすっかり表情を落ち着かせている。

これにて失礼致します、若林が辞去しようとしたところで、廊下を慌ただしい足音が近づいて来た。

「失礼致します」

襖越しに聞こえた家臣の声音は不穏さを含んでいる。ただならぬ事態が出来(しゅったい)したようだ。矢代は奥書院を出た。

廊下に控えた家臣が書付を手にしている。

「御目付、若林新次郎さまにお渡しくださりませ」

火盗改の使者から若林宛の書付を託されたそうだ。嫌な予感に囚われながら矢代は書付を受け取り、奥書院に戻った。

盛義と若林の視線を受けながら、

「若林殿に火盗改から書付が届きました」

と、努めて冷静な態度を崩さずに若林に手渡した。

かたじけない、と若林は受け取りさっと書付を開いた。盛義も不穏なものを感じたようで和ませた表情を強張らせる。

若林の表情が一変した。

両目が吊り上がり、ぶるぶると肩が震え出す。

矢代は声をかけるのも憚られた。

息を荒らげた若林は大きく息を吸い込んでから、

「椿平九郎殿、逃亡しました」

と、告げた。

盛義は天を見上げて絶句した。

矢代は唇を噛んだ。

「椿め、大それたことを」

若林は呻いた。

盛義はどうしていいかわからず、戸惑いで視線を彷徨わせている。

「困ったことになりましたな」

ため息混じりに若林は嘆いた。

盛義は口をへの字に曲げた。

若林は矢代に向き、

「これで、椿殿を大内家には引き渡すことできなくなりましたな。山城守さまのお気持ちも斟酌せず、椿殿は暴挙に出ました」

若林は表情を歪めた。

「平九郎……」

盛義も悲痛な顔をした。

「矢代殿、この後は草の根をわけても椿殿を探し出し、わが手で吟味を行います。ご異存ございますまいな」

若林の問いかけは矢代になされているが、その実は盛義に向けられているのは明らかだ。

「ござりませぬ」

腹から絞り出すようにして矢代は答えた。

若林は盛義にも視線を向けたが、さすがに無礼と思ったのか盛義に言質を求めることはなかった。

「それから、よもやとは存じますが、椿殿の身柄、大内家にて匿うような真似はなさらぬようお願い申し上げますぞ」

若林の口調は厳しい、

「むろんのことでござる」

矢代は言った。

「その言葉、忘れませぬぞ」

勝ち誇ったように若林は念を押した。

続いて、

「これで、椿殿は自分の疑いを認めたようなものですな」

憎々し気に若林は言った。

「いや、それは……」

矢代が抗おうとすると、

「そうでござろう」

厳しい声で若林は断じた。

「椿平九郎という男、決して卑怯未練に逃げるような男ではござりませぬ」

精一杯の抵抗を矢代は示した。

「しかし、実際、逃げたのだ」

若林は目をむいた。

「きっと、己が身の潔白を自分の手で晴らさんものとして逃げたのだと思います」

矢代の主張を、

「これは、身贔屓もいいところですな」

憎々し気に若林は否定した。

「身贔屓ではなく信頼でござる」

断固とした物言いで矢代は返した。

「ものは言いようですな。好きに申されよ。当方としましては、椿殿を逃亡した者として追うのみでござる」

若林は言い放つや足早に奥書院から出て行った。若林がいなくなったところで、盛義はしおれてしまった。

「殿、お気持ちを確かに持たれませ。椿への信頼、あ奴はそれを裏切るような真似は致しませぬ」

強い口調で矢代は言い立てた。

「そうじゃな……平九郎が盗みなどするはずはない。まったく馬鹿げておる。若林は一体、何を血迷っておるのか」

盛義は気力を奮い立たせるようにして眦(まなじり)を決した。

「ともかく、当家でも椿の行方を捜すものとします」

「もし、当屋敷に戻って来たなら余は迎えるつもりじゃ」

盛義は言い張った。

「椿には何よりの励ましの言葉でござりましょうが、椿のこと、当屋敷に戻りはしないでしょう。当屋敷には若林殿の手の者の目が光っておると思っておりましょうからな」

矢代の見通しに、

「そうじゃな」

「矢代……」

盛義はうなずいた。

「それにしても、韋駄天小僧三吉一味の闇の頭を椿とするとは一体どんな目的があるのやら」

解せぬ、と矢代は繰り返した。

「まったくじゃのう」

盛義は心労を深めたようで目が充血してきた。

すると、

「御家老」

と、またも矢代は呼ばれた。

矢代が廊下に出ると今度は盛義宛の文が届いた。送り主は盛清である。

「ひょっとして……」

矢代は呟くと奥書院に戻り、

「大殿からでござります」

と、文を盛義に差し出した。盛義は戸惑いながらも、

「こんな夜更けに火急の文とはひょっとして」

と、矢代と同じく平九郎に関係したことだと予想した。盛義は文に目を通した。緊

張の面持ちの中にも安堵が浮かぶ。

果たして、

「平九郎は下屋敷におるそうじゃ。それで、断じて身は潔白であり、自ら、潔白を晴らす、と申しておるとか」

盛義は文を矢代に渡した。

矢代も目を通した。

「まず、椿が無事なのにはほっとしました。この上は椿の奮闘を祈るばかりでございます」

矢代は言った。

「平九郎……」

盛義は平九郎の身を案じた。

四

朝になった。

平九郎はまんじりともしないまま夜を明かした。

寝間着には着替えず、着の身着のままである。神経が研ぎ澄まされたまま、寝間に潜んでいた。

寝間を出て濡れ縁に出た。

白々明けの空は乳白色に彩られている。野鳥の鳴き声が聞こえ、澄んだ空気が平九郎の頬を撫でてゆく。そんな清浄な朝とは裏腹の境遇に陥ってしまった。

そこへ、朝の静寂を破る獣の咆哮が耳をつんざいた。

盛清の義太夫である。

義太夫に追い立てられるように野鳥が囀りをやめる。ところが、幸いにも盛清の義太夫は長くは続かなかった。どうやら、咽喉の調子を確かめただけのようだ。

平九郎は盛清に挨拶に行った。

「昨夜、文を上屋敷に送っておいたぞ」

盛清は経緯を綴った文を盛義に送ってくれた。盛義と矢代には平九郎の苦境が伝わったであろう。

「ありがとうございます」

平九郎が礼を言うと、

「のっぺらぼうから返書が届けられた」

盛清は矢代の文を差し出した。平九郎は両手で受け取り、目を通した。

「昨夜、上屋敷に若林が乗り込んできおった。今日あたり、ここにも来るであろう」

盛清は見通しを語った。

「では、早々に」

立ち去ろうとした平九郎を、

「気楽が来る。気楽と一緒に行け」

盛清は引き止めた。

「承知しました」

返したところで折よく佐川権十郎がやって来た。白地に金糸で吠えた虎を描いた派手な小袖を着流している。

「平さん、とんだ目に遭わされたもんだな」

佐川は同情を寄せているようでいて、平九郎の苦境を楽しんでいるようでもあった。

「面目ございませぬ」

平九郎は頭を下げた。

「平さんが詫びることじゃねえさ。悪いのは若林新次郎と韋駄天小僧三吉だ」

励ますように佐川は快活に語りかけた。

平九郎は黙って聞いている。

「ともかく、ここから出るぜ」

寄席に誘うような気楽な調子で佐川は誘った。佐川の明るさが救いであり、頼もしさを感じる。

「ご迷惑をおかけ致します」

背筋を伸ばし、平九郎はお辞儀をした。

「なに、いいってことよ。こちとらどうせ暇なんだ。ちゃんと、ねぐらも見当をつけてあるからな」

佐川は立ち上がり、帯を解いた。するすると派手な小袖を脱ぎ、

「ほら、平さんも着物を脱ぎな」

と、促す。

言われるまま平九郎も着物を脱いだ。平九郎の着物を佐川は手早く着た。平九郎は佐川の着物を身に着けようとしたが、

「そりゃ、目立って仕方がないよ」

と、言った。

代わりに、

「これにしろ」

盛清が準備をしていたのは野良着と醬油で煮染めたような手拭である。平九郎は野良着を着て手拭で頰被りをした。

「着物の裾はからげた方がいいよ」

佐川に言われ、平九郎は尻はしょりにした。

「よし、それでよい」

盛清は言ったところで家臣が若林の訪問を告げた。

「やべえ、さっさと行くぜ」

佐川に促されたが、

「面白いぞ。若林の話を聞いてゆけ」

盛清は襖で隔たった奥の部屋を顎でしゃくった。奥の部屋に潜んでいろということだ。

「そりゃ、面白いかもな」

佐川も面白がった。若林の動きを知るにはいいのかもしれない。平九郎は佐川と共に奥の部屋に入った。佐川が襖を僅かに開ける

程なくして若林がやって来た。

今日の若林は衿に威儀を正していた。

「大殿、早朝より押しかけまして誠に無礼を申し上げます」

若林は挨拶をした。

「無礼の訳は椿平九郎じゃな」

盛清は言った。

若林はうなずき、

「よもやとは思いましたが椿殿は逃亡を企てました。我らは草の根を分けても見つけ出し、召し捕る所存でございます」

と、決意を示した。

「ならば、この屋敷になんぞ来ず、椿の行方を捜し回ればよかろう。何故、わが屋敷にやってまいった……ああ、そうか。そなた、わしの義太夫を聞きたくなったのじゃな。わしの義太夫を聞いて己を鼓舞しようと思ったのであろう」

盛清は満面の笑みに広げた。

「いや、それは……」

若林は口をあんぐりとさせたが、

「まこと、大殿の義太夫は素晴らしいものですが、それは役目を成就した後にたっぷりと拝聴したいと存じます」

と、丁寧に断った。

「ならば、何用じゃ」

憮然として盛清は問いかけた。

「大殿のお怒りに触れるかもしれませぬが、万が一椿殿が……」

ここまで言ったところで、

「わしが匿っておると申すか」

盛清は大声を上げた。

若林は盛清の威勢にたじろいだものの、

「役務であります。あらゆる可能性を考慮しなければなりませぬ。どうぞ、ご理解ください」

と、返した。

「わが屋敷を探すと申すか」

若林は黙って盛清の了解を求める態度を取った。

盛清は目を凝らした。

「いくら公儀の目付でも、大名屋敷の中を探索することはできぬはずじゃ。当屋敷より江戸市中を探索するがよい」

拒絶の姿勢を盛清は取った。

「むろん、市中にも網の目を張り巡らせております。捕方には人相書きを持たせ、抜かりなく行っております」

「ならば、それでよいではないか。椿が網にかかるのを待てばよい」

話はすんだとばかりに盛清は右手をひらひらと振った。

「ですが、こちらの御屋敷も少々立ち入らせて頂きたいと存じます」

臆せず若林は申し出た。

「だから申したではないか。公儀であろうと大名屋敷に立ち入ることは許されぬ、と」

盛清はうんざり顔で繰り返した。

しかし、若林は少しも動揺することなく威儀を正して言い返した。

「椿平九郎殿の探索ではござりませぬ」

その毅然とした態度は幕府目付の威厳、いや、幕府の威光を背負っているかのようだ。

「なんじゃと」

盛清は目をむいた。

「かねてより、公儀は各大名家に対し、火の用心の協力を要請しております。大殿もご存じの通り、大名屋敷を狙った火付けが起きておるのです。そのため、定火消による大名屋敷への立ち入りと火事が起きないような備えの確認につき、協力を要請しました。つきましては、無理に立ち入ろうというのではなく、ご協力を頂ける大名家のみに立ち入るようにしております」

おもむろに若林は懐中(かいちゅう)から書付を取り出した。

それを盛清に向かって広げ、

「大内家はご協力くださる、と山城守さまからご了承を頂いてござります」

協力する旨を綴った書面の末尾に大内山城守の署名と花押(かおう)、印判が捺(お)してあった。

「ふん」

盛清は横を向いた。

「では、火の用心の備え、調べさせて頂きます」

若林は言った。

「好きにせい」

盛清は許してから、

「芸が細かいのう……」

と、失笑を放った。

若林は頭を下げ立ち上がった。

すると、奥の部屋の襖が僅かに開いている。それを目敏く見つけた若林は、

「大殿、まずは御身が心配でございます。大殿は熱心に義太夫の稽古をなされ、夜更かしをなさることもありましょう。煙草、行灯の火、十分にご用心なさっておられましょうが……」

と、奥の部屋に視線を向けた。

「わしに抜かりはない」

盛清は不機嫌に返した。

「念のためでございます」

若林は食い下がる。

「奥の部屋に立ち入る、と申すか」

顔を歪め、盛清は問い質した。

「畏れながら、大殿のために」

動ずることなく若林は澄まして言った。

「お為ごかしとはその方を申すのじゃな」

盛清は苦笑した。

「お願い致します」

若林は幕府の威光を背に半ば強引に頼んだ。

「どうあってもか」

盛清は眉をしかめた。

「大殿のためです」

しれっと若林は言う。

「好きにせい」

盛清は横を向いた。

「失礼致します」

頭を下げ若林は奥の部屋の襖近くに寄り、両手で襖を開いた。

五

「なんだよ」

見台を前に正座して佐川が若林を見上げた。若林は口を半開きにし、

「あ、いや……これは失礼した」

と、一礼をした。

次いで部屋の中をぐるりと見回す。八畳の座敷は佐川以外誰もいない。佐川は見台の前で義太夫を唸り、

「おいおい、稽古の邪魔をするのかよ」

と、抗議の声を浴びせた。

「貴殿は……」

口をあんぐりさせながら若林は問いかけた。

「おれは直参旗本、先手組、佐川権十郎だ。大内家の大殿の義太夫の弟子だ。文句、あるか！」

佐川は怒鳴った。

「失礼致した。拙者、公儀目付若林新次郎と申す。このたび……」

ここまで若林が言ったところで、

「大殿とのやり取り、耳に入ってきたよ。火の用心の立ち入り調べだって。ご覧の通り、火といやあ、行灯くらいだよ。まあ、煙草はちゃんと注意しているから問題ない

さ」

　煙草盆を見てから、

「ちょっと、若林さん、あんたおれの話を聞いているのか。きょろきょろと落ち着きのない様子だけど」

　佐川は文句をつけた。

「あ、いや、失礼をした」

　若林は踵を返して部屋を出た。

「合格か」

　皮肉たっぷりに盛清は問いかけた。

「はい」

　頭を下げて若林はそそくさと出て行った。

　盛清は若林の背中に声を放った。

「しっかり、調べろ」

　若林がいなくなってから盛清は奥座敷に入った。

「清正はどうした」

　盛清が問いかけると、

「平さん、もう大丈夫だ」

佐川が声をかける。

畳が動いた。

平九郎は頭を突き出す。縁の下に隠れていたのだった。

「若林め、泡を食って出て行きおったわ」

盛清は腹を抱えて笑った。

屋敷内が俄かに騒がしくなった。若林率いる、手下の者たちが屋敷内を調べ始めたのだ。

「平さん、行くぜ」

佐川に言われ、平九郎は屋敷の裏手へと向かった。

裏門には米俵を積んだ荷駄があり、菰が掛けられていた。荷駄の人足に平九郎は混じった。佐川は鑓を手に荷駄の先頭に立った。

裏門が開き、荷駄は出た。

すると、若林配下の者たちが荷駄の周りを囲んだ。

「荷を検めます」

役人の一人が言った。

「無礼者、これはな、大内家の大殿がおれに下さった米だぞ」

佐川は素性を告げ、猛然と抗議をした。

「ですが、役目ですので」

役人はしどろもどろとなりながらも言った。

「火の用心の調べではないのか。どうして荷を調べるのだ」

佐川は言い張った。

「ですが」

役人たちは平九郎の人相書きを手にしている。

すっかり困った様子である。

「ま、いいだろう、おれだって大内の大殿だって、痛くもない腹を探られたんじゃ迷惑だからな」

佐川が鷹揚さを示した。

役人はぺこぺこと頭を下げ、おずおずと菰を捲った。米俵が積み重ねられている。

「羽後横手産の米だ。美味いぞ」

満面の笑みで佐川は米俵を撫でた。

役人たちは米俵を疑わしそうに見る。

「なんだ、米俵の中におまえらが捜しておる者が隠れている、と疑っておるのか」

佐川は問いかけたが誰も返事をしない。

「なら、とっくり調べろ」

言うや佐川は鐺を逆さに持ち、鏢(こじり)を米俵の隙間に差し入れ梃子(てこ)のようにして役人たちに向かって投げつけた。次々と落下する米俵にぶつかり、役人たちは慌てふためいた。

「どうだ」

佐川が問いかける。

米俵に人が入っているような状態ではないとわかったようだ。

「わかったなら、米俵を戻せ。丁寧に扱えよ」

佐川に言われ、役人たちは米俵を丁寧に抱え、荷車に戻した。

役人たちは荷駄の人足たちを横目で窺っている。手拭で頬被りをしているため、腰を屈め、上目遣いに見る者もいた。

「おいおい、そんなにこそこそしないで、堂々と調べたらどうだ」

佐川は言ったが、役人たちはおずおずと口ごもるばかりである。

「ま、ついでだ。おい、顔を見せてやれ」

佐川は人足たちに手拭を取らせた。

役人たちは慌てて人相書きと人足の顔を照合した。

「どうだ、怪しい奴はいるか」

佐川は役人たちを見回した。

役人たちは顔を見合わせていたが、

「失礼しました」

一人が佐川に詫びると、みな、頭を下げ、道を開けた。

「やれやれだ」

意気揚々と佐川は荷駄の先頭に立ち、大手を振って歩き出した。

大内家下屋敷から離れ、探索方の姿が見えなくなったところで、

「平さん、いいぜ」

と、佐川は声をかけた。

荷駄が止められ、荷駄の底に貼り付いていた平九郎が姿を現した。

「いやあ、冷や冷やしましたよ」

平九郎は手で胸を押さえた。まだ、心の臓が高鳴っている。

「見つからなかったから、よかったじゃないか」

佐川は笑った。

「まこと、佐川さんは大胆ですね」

感心する一方危うさを目に滲ませると、

「ああいう時にはな、こそこそしないで堂々と構えるに限るんだよ」

佐川は民家を見た。

田圃に囲まれた農家である

佐川は人足たちに礼金を払った。

平九郎は佐川について農家に入っていった。

「ここはな、面倒を見てやった博徒の実家だ。今、空いているから、気兼ねなく使ってくれ」

佐川は言った。

「何から何までありがとうございます」

平九郎は頭を下げた。

「礼は一件が終わってからだ」

　という佐川の言葉に、

「そうですね。まずは、韋駄天小僧三吉の行方を探さなければなりません」

　大真面目に平九郎は言った。

「それもそうだが、当てはあるのかい」

　佐川の問いかけに、

「ありません。まずは、昨夜の閻魔堂に行ってみようと思います」

　と、平九郎が答えると、

「それもいいが、それよりも」

　佐川は思案するように言葉を止めた。

「他に考えがありますか」

「なくはない」

　佐川は思わせぶりだ。

「それは……」

　平九郎は問い直した。

「まあ、考えてみな。今回の一件、若林の罠に平さんは嵌められたんだ」

「まあ、そうですけど」

「罠に嵌めたということは、若林こそが韋駄天小僧三吉と深い繋がりがあると考えるのが常道(じょうどう)というものじゃないか」

佐川の推察に、

「もっともです」

「なら、今度はこちらが若林を調べてやろうじゃないか。調べられたんだ、こっちだって調べ返してやろう」

佐川の言葉に、

「そりゃ、面白い」

平九郎も両手を叩いた。

「よし、そうとなったら、若林の屋敷に乗り込むぞ」

佐川は意気込んだ。

「はい、やりましょう」

平九郎も闘志が湧いてくる。

「そうとなったら、日が暮れるまでここで潜んでいるぞ」

「わかりました」

平九郎は言った。

「となれば、何か飯を調達するか」

佐川は言った。

「なに、飯なんか食わなくたって平気ですよ。それどころじゃありませんからね」

平九郎は遠慮したが、

「おれは腹が減ったよ。それにな、腹が減っては戦ができんのだ」

佐川は言ってから、ふと思いついたように、

「ああ、そうだ。花膳が近いな。花膳から弁当でも届けてもらうか」

「いや、それは……」

平九郎が心配すると、

「まあ、任せな」

佐川は胸を叩いた。

半時後、佐川は花膳の弁当を持って戻って来た。周囲の目を憚り、佐川は重箱ではなく竹の皮に包んだ握り飯だと言ったが、豪勢な弁当などよりよほどありがたかった。

海苔が巻かれた大振りの握り飯は空きっ腹には何よりの御馳走で、添えられた沢庵

を噛み締めると生きている実感が湧いてきた。

「実はな、今夕、若林を花膳に呼んだぜ」

佐川に教えられ、
握り飯を食べる手が止まる。

「おれはな、若林と酒を飲む。若林の腹の底を探ってやるさ」

若林の屋敷に忍び込む手間が省けた、と佐川は言い添えた。

「どのようにして、若林に近づいたのですか」

平九郎が訊くと、

「相国殿に一肌脱いで頂いたのさ」

佐川はけろっとした顔で答えた。

「大殿に……」

平九郎は首を傾げた。

「まあ、任せな。そうだ、平さんも見物するといいぜ」

佐川に誘われ、平九郎は眦を決した。

第五章　持仏堂の戦い

一

平九郎は野良着に手拭を頰被りし、花膳の裏木戸にやって来た。

お鶴が平九郎に気づき近づいて来る。

「お鶴さん、弁当、美味かったよ」

まずは弁当の礼を言った。

「それより、今回は大変なことになりましたね」

お鶴は平九郎の身の上を心配した。

「わたしを遊撃組に突き出せば、五十両を手にできますぞ」

平九郎は微笑みかけた。

「まあ、それは魅力ですね」

冗談を言ってから、

「これからどうなさいますか」

と、お鶴は真顔になった。

「今夜、花膳に若林がやって来るのですね」

佐川から聞いた、と平九郎は言い添えた。

「そうです」

短くお鶴は答えた。

その目は警戒に彩られた。

「椿さま、まさか、若林さまを斬るおつもりですか」

お鶴はやめた方がいい、と目で訴えかけている。

「そのようなことはせぬ」

お鶴を安心させるように平九郎はにこにこと笑った。

「椿さまのお言葉を信じます。では、何をなさるのですか」

安堵したもののお鶴は新たな疑問と不安に襲われたようだ。

「潜(ひそ)ませて欲しいのです」

平九郎の頼みを聞き、

「若林さまを探るのですね」

お鶴は返した。

「見つかったら、お鶴さんにも花膳にも迷惑がかかります。ですから、断ってもよい……お鶴さんが断れば、わたしは引き下がります。もしくは、冗談ではなくわたしを若林殿に引き渡してくだされ」

平九郎は真顔で語りかけた。

お鶴もしっかりと平九郎の目を見て、

「わたしは花膳の女将です。椿さまは花膳の大事なお得意さまです。お得意さまをお守りするのは女将の務めでございます。お得意さまが花膳でお過ごしになる間は、心地よく、お望みに叶うよう尽くすのが女将の仕事でございます」

名実ともにお鶴は女将に成ったのだと、平九郎はうれしくなり感謝もした。

「かたじけない」

平九郎は一礼した。

「それでは、こちらにいらしてください」

お鶴に案内され、平九郎は花膳の裏手に回った。

母屋と渡り廊下で繋がった離れ座敷がある。

若林は離れ座敷に来る予定だそうだ。

「いかがなさいますか。縁の下、天井裏に潜まれますか」

お鶴に問われ、

「そうですな」

平九郎が思案すると、

「天井裏も縁の下も掃除をさせました。蜘蛛の巣を取り払っておりますので、快適には程遠いですが、息を潜めて籠るにはもってこいです。今日なら鼠もおりません」

お鶴が言うと、

「よし、大鼠が潜むのは天井裏がふさわしいな」

平九郎は天井裏に潜むことに決めた。

「天井には小さな節穴もございます」

お鶴がにっこり笑った。

「それはよい。若林の表情を確かめられる。それで、若林は一人で来るのではなかろう」

平九郎が訊くと、

「若林さまともうお一人と聞いております。どなたかまではお教えくださいませんでしたが」

お鶴は言った。

平九郎は離れ座敷を見上げた。

天井裏部分に格子窓がある。掃除をする際に明かりを取るために設けてあるそうだ。

なるほど、天井裏に潜めば庭の様子も見渡せるのだ。

夕五つ、平九郎が離れ座敷に入ると隅に梯子が置いてあった。お鶴が用意してくれたようだ。

梯子を上り、両手を天井の羽目板に添える。ゆっくりとずらし、更に梯子を上って空いた穴に身体を入れた。羽目板を元の位置に戻し、天井裏を見回した。

お鶴が言っていたように、蜘蛛の巣は掃われ、梁ははたきがかけられたようで、埃もない。天井裏特有のかび臭さはなく、なるほど快適ではないが、一時やそこら息を詰めていても不快ではない。

すると、羽目板がずれ、

「平さん」

と、佐川の声が聞こえた。

「ここですよ」

梁の脇から平九郎は顔を出した。佐川は膝でにじり寄って来た。

「いいんですか、お着物が汚れますよ」

いくら掃除をしたばかりといっても天井裏部屋である。そこに佐川はいつもの派手な装いでやって来たのだ。

「構わないさ。今日のおれは役者だからな」

佐川は胸を叩いた。

やがて、裏木戸が騒がしくなった。若林を乗せた駕籠が付けられ、駕籠の周囲を遊撃組の侍たちが警固をしている。

駕籠から出た若林は足早に母屋(おもや)に向かった。

「さて、相国殿の書付だ」

佐川は懐中から書付を取り出した。

格子の隙間から差し込む夕日に翳し、平九郎は目を通した。

そこには、下屋敷の北、一町の持仏堂(じぶつどう)が義太夫の稽古所であり、そこに平九郎がやって来ると記してあった。

「つまり、相国殿は言外の意味に平さんを若林に引き渡すって言っているわけだ」

佐川の言葉にうなずき、

「若林を持仏堂におびき寄せるのですね」

「その通りだ。そこで若林を追い込む。よし、その前に、あいつが平さんを、韋駄天小僧三吉一味を操る闇の頭に仕立てたかった狙いを探ってくるぜ」

佐川は言った。

「探る、と言いますと……」

平九郎が訝しむと、

「一緒に飲むんだよ」

佐川は天井裏の羽目板を指で叩いた。

「じゃあ、若林と一緒の客というのは佐川さんですか」

若干の驚きで平九郎は返した。

「ああ、そうだ。精々、美味い物を食べ、良い酒を飲んで若林を酔わせてやるさ」

任せろ、と佐川は天井裏を去った。

平九郎は腹ばいとなって節穴から離れ座敷を眼下に窺った。

佐川は、

「お待たせ」

と、気さくな調子で座敷に入った。

若林は冷めた目で佐川を見て黙礼した。

「椿殿の所在を教えてくださる、のですな」

警戒心を抱きつつ若林は返した。

「まあ、そう急かさないでくれよ」

佐川はおどけた調子で言う。

そこへ料理を運びましょうか、と顔を出したお鶴に、

「しばし待て。呼ぶまで入るな」

と、若林は早口に命じたが、

「酒くらい飲ませてくれよ、おれはね、大内家出入りの旗本だ。当然、椿平九郎とも懇意にしている。その椿を売るっていうのは、こんな俺でも心が痛ましいのだぞ。酒でも飲まないことには話せないさ」

佐川は眉根を寄せた。

若林は苦笑し、お鶴に酒と簡単な肴を運ぶように言いつけた。

「いやあ、すまないな」

佐川は言葉とは裏腹に気にする素振りも見せず、若林に微笑みかけた。若林は表情を緩(ゆる)めない。

「しかし、若林殿はさすがですな。椿平九郎が韋駄天小僧三吉を操る闇の頭、と気づいていて遊撃組に加えたのですか」

佐川の問いかけに、

「まあ、そうですな」

若林は曖昧に言葉を濁した。

そこへ、女中が清酒の入った蒔絵銚子とカラスミの入った小鉢を運んで来た。

「おお、これはいい」

佐川はカラスミを喜んだ。

若林は仏頂面(ぶっちょうづら)のままだ。

佐川の酌を受け、形ばかりに口をつけた。

佐川は手酌で盃を満たしぐいっと飲み干した。

「おや、これはいつもの酒とは違うな」

空になった盃に視線を落としながら佐川は首を捻った。

するとと若林の目元が緩んだ。

「これは、越後春日山藩森上家の国許から取り寄せた酒ですぞ」

若林は言った。

「ほう、越後の……」

佐川はもう一杯飲んだ。

「お口に合いませぬか」

若林が言うと、

「いや、さらりとした飲み口で、それでいてしっかりとした味わいだ。うむ、これはいい」

佐川が褒めると我が意を得たように、

「森上家留守居役、牧村監物殿が拙者のためにこの店に提供してくれておるのです」

若林も手酌で飲む。

しばし、酒を飲んでから、

「これでござる」

佐川は懐中から盛清の書付を取り出した。

二

「かたじけない」

　上機嫌となった若林は書付を受け取り、さっと目を通した。

「承知した」

　若林は佐川に盛清への感謝の言葉を伝える。

「ところで若林殿、おれには椿平九郎が盗人を束ねて盗みを働かせておる、とは今でも思えないのだがな」

　佐川は疑問を投げかけた。

「人は見かけによらぬ、と申しますぞ」

　なんでもないことのように若林は言った。

「そりゃ、そうだが、椿平九郎、表裏のないさっぱりとした男だぜ。どうして、あんた、椿が闇の頭、だと見当をつけたんだい」

　砕けた調子で佐川は問いかけた。

　若林は答えようとしない。

佐川は続けて、

「いやな、今回のことはおれも驚いたのなんのって、しばらく立ち直れなかったんだ。おれはこれでも、人を見る目はあるって、思い上がっていたからな。おれは椿を信頼していた、それが見事に裏切られた、ということは、おれの目がおかしかったって、ことだ。なんだか、情けなくてな。で、どうしても気になるんだ。今後のために教えてくれないか」

佐川は頼むよ、と繰り返した。

若林は渋っていたが、

「まあ、それは、公務上の秘密、と申し上げるしかありませんな」

「教えて欲しいな。さすがは出世なさる方は違うって、知りたいところだ」

佐川は若林を持ち上げた。

若林は杯を膳に置き、

「密告でござる」

と、答えた。

「密告ということは大内家の者が……」

佐川は言葉を止めた。

「いかにも」

「それは……」

「大内家を逐電した棚橋作左衛門でござるよ」

若林は言った。

「棚橋は確か韋駄天小僧三吉一味に加わったのですな」

「いかにも。よって、三吉の内情にも詳しいのでござる」

「すると、棚橋は若林殿に通じておるのですな」

「左様」

短く若林は答えた。

「そういうことか……だが、棚橋の証言を鵜呑みにしていいのかな。なにしろ、棚橋は大内家を去った男、大内家には恨みを抱いているだろう。そんな奴の言葉を、あんた、まともに聞き入れたのかい。遊撃組を組織した御仁が」

責めるような口調で佐川は問いかけた。

「むろん、鵜呑みにしたわけではない」

むっとして若林は返した。

「じゃあ、どうしたわけなんだ」

佐川は畳み込む。

「それは、しかるべき御仁の証言によって裏付けられておるのだ」

若林は言った。

「その御仁とは」

佐川は目を凝らした。

「それは申せぬ」

若林は横を向いた。

佐川は大仰(おおぎょう)に顔をしかめ、

「な〜んだ、嘘か」

と、小馬鹿にしたように言った。

「なにを」

若林は怒気と酔いで顔を朱に染めた。

「だって、嘘だから、あるいは勘頼りだから、答えられないんだろう」

佐川は責める。

「佐川殿、言葉が過ぎますぞ」

若林は非難した。

「おおそうだよ、おれはな、口から先に生まれてきたような男だって、言われておる。だから、言葉が過ぎるっていうのは当然でな、尚且つ、おれにとっては褒め言葉なんだ。だからさ、もっともっと過ぎたことを言うぞ。さあ、教えてくれ。でないと、納得できぬ。あんたが、椿平九郎を闇のお頭に仕立てようとしているって、方々でべらべらしゃべるかもな」

露骨に佐川は脅した。

若林は佐川の傍若無人さに両目を吊り上げた。

「佐川殿、まこと、貴殿という御仁は……それは拙者を脅しておるのか」

「おっと、脅しているのはそっちじゃないのかい」

一向に動ずることなく佐川は返した。

若林は口をへの字に曲げて、黙り込んだ。

「貝になってちゃ、わからないよ。都合の悪いことはしゃべらないのかい」

佐川は容赦なく責め立てる。

屈辱にまみれたように若林はこめかみをぴくぴくと動かした。

「あんたも大したことないねえ」

佐川は笑った。

すると、

「よかろう。申す。森上家留守居役牧村監物殿だ」

と、どうだとばかりに若林は両目を大きく見開いた。

「へ〜え、なるほどね。牧村さんがね」

佐川は驚きの顔をした。

「おわかり頂けたか」

若林は誇らしげである。

佐川は首を左右に振り、

「いや、わからないな」

と、言った。

「牧村殿が信用できないとでも申すか」

不満そうに若林は顔をしかめた。

「そうじゃないさ。牧村さんは何を根拠に椿が闇の頭だって棚橋の証言を裏付けたんだい」

新たな疑問を佐川は投げかけた。

「それは、拙者は牧村殿を信頼しておるからだ」

若林は言い切った。

「ずいぶんと、頼りないな」

佐川が肩をすくめると、

「佐川殿、先程から拙者への非難めいた言葉、何か含むところでもあるのでござるか」

若林は気色ばんだ。

「そうじゃないよ。おれは何もあんたと喧嘩をしようってわけじゃないんだ。わかりたいんだよ。椿平九郎が盗人に加担したってことの真実がな。それに、おれは牧村監物って御仁を知らない。会えば、人となりがわかって、あんたみたいに全幅の信頼を寄せるのかもしれんがな。ただ、吟味というのは、全くの赤の他人にも理解できるような筋道と理由が必要なんじゃないか」

佐川が理路整然と述べ立てた。

「なるほど、貴殿が申されることも一理ある。だが、物は考えようではないのか。椿殿の吟味を進める、その過程で椿殿が闇の頭であることが明らかとなればそれでよいのではないのかな」

若林の考えに、

「公正な吟味が行われれば……だな」

疑わし気に佐川は言葉を止めた。

「何が言いたい」

若林の顔はどす黒く濁った。

「言葉通りだ。公正な吟味ということは、評定所でということになる」

佐川は言った。

「まさしく」

若林も同意した。

「評定所に訴えるのだな」

念押しするように佐川は確かめた。

「むろん、そのつもりである」

若林は即答した。

「ならば、おれも椿の捕縛に加わるとするか……いいだろう」

乗り気になったように佐川は申し出た。

「いや、貴殿にこれ以上のお手数はおかけしない」

若林は右手をひらひらと振った。

「おれだったら、別に構わねえぜ。それよりも、おれの手で椿平九郎を捕縛したいくらいだ」

佐川は身を乗り出した。

「そこまで言われるのなら」

若林は佐川の申し出を受け入れた。

「かたじけない」

軽く佐川は頭を下げた。

それから、

「これは念のために申すが、大内家の大殿を巻き添えにすることはありませんな」

佐川が危惧すると、

「むろんのこと、そのようなことは致しませぬ」

若林は約束した。

「それと、大内家への追及はいかがか。むろん、椿が闇の頭ということが明らかとなっての後になると思うが」

佐川の問いかけに、

「拙者、大内家に災いが及ぶようなことはしたくはありませんな」

若林は答えた。

「本当かな。あんた、大内家の改易とまではいかなくても減封を狙っているんじゃないのかい」

ずばり佐川は指摘した。

「まさか、そのような大それたことを」

失笑を漏らし、若林は否定した。

「おれの勘繰り過ぎかな」

それ以上、佐川は追及しなかった。

三

夜更けとなり、平九郎は下屋敷近くの持仏堂にやって来た。

夜空を雲が覆い、風が湿っぽい。梅雨入りが近いのを平九郎は感じた。

二百坪ほどの敷地に瓦(かわら)が葺(ふ)かれた屋根、檜造りの持仏堂の背後には竹林が広がっている。

大内家の歴代当主の位牌(いはい)が安置され、盛清は折に触れ経文を挙げているのだが、もちろん近頃は読経に代わって義太夫になっている。

歴代当主の安眠を妨げると陰口が叩かれているが、盛清本人は何よりの供養だと本気で信じていた。

持仏堂に入ると休息の間で、盛清がいた。休息の間の奥が歴代当主の位牌が安置されている仏間だ。

八畳の真ん中で盛清は端座している。

お鶴に用意してもらった小袖と袴に身を包んだ平九郎は一礼して盛清の前に平伏した。

「気楽から聞いた。若林をおびき寄せるのだな」

盛清は静かに問いかけた。

目が爛々と輝き、闘志を漲らせている。

「大殿に認めて頂いた書付のお陰でございます」

平九郎が答えると、

「若林め、手の込んだ悪企みをしおって。あ奴は何故、おまえを罠にかけたのじゃろうな」

盛清に問われたが、平九郎にもわからない。答えられずにいると、

「心当たりがないのか。若林に恨みを買うようなことじゃ」

責めるように盛清は質した。

「いくら考えても思い浮かびません」

眉根を寄せ、平九郎は返した。

「何か粗相をしたとか、若林の勘に触るようなことを口にしたのではないのか」

尚も盛清は問う。

何か考えを述べ立てないことには盛清は納得しないだろう。

「若林殿は闇の頭に仕立てようとしてわたしを遊撃組に加えたのです。つまり、椿平九郎と面識を得る前から、わたしに狙いをつけていたのです。ですから、わたし個人への恨みによる企てではないのではないでしょうか」

平九郎の考えを盛清は受け入れ、

「となると、当家になんらかの遺恨があるのであろうか……若林新次郎と大内家はなんの付き合いもない。七光の妹ともな。狙われる謂れはないぞ」

盛清は困惑した。

平九郎は花膳の離れ座敷での佐川と若林のやり取りを思い出した。

「若林殿が何故、わたしを闇の頭に仕立てようとしたのかはわかりませぬが、わたしが闇の頭である証として当家を逐電した棚橋作左衛門の証言を挙げておりました」

「棚橋……ああ、あの義太夫の情もわからぬ乱暴者か。ふん、そんな奴の証言が評定所の吟味に取り上げられるものか、馬鹿々々しい。棚橋の言葉を真に受けるとは若林も大したことないのう。所詮は妹の七光男じゃ」

嘲笑を放ち、盛清は棚橋と若林への悪態を吐いた。

「確かに棚橋の証言だけでしたら若林殿とて心もとなかったでしょう。しかし、棚橋の証言を補完するような証言がなされたようなのです。しかも、信用の置ける御仁からです」

平九郎の言葉に盛清は口を閉ざした。

「その御仁……越後春日山藩五万石森上家の留守居役牧村監物殿……」

平九郎が伝えると盛清は益々困惑した。

「森上家とは親戚付き合いになったのではないか。それが何故、当家を貶める……そうか、森上家の大内家への恨みではなく、牧村個人がおまえを恨んでの所業か」

盛清なりに理解した挙句に平九郎に疑念を向けてきた。

「お疑いごもっともと存じますが、牧村殿に恨まれる覚えもありませぬ。若林殿と違って今回の一件以前より何度も顔を合わせ、特に殿と奥方さまの婚礼の際には頻繁に打ち合わせを行いました。しかし、いさかいが生じたことはございませぬ」

嘘偽りはない、と平九郎は言い添えた。

「堂々巡りじゃな。となると、そもそも、恨みとか嫌悪ではないのかもしれぬぞ」

盛清は渋面を作った。

「ただ、牧村殿がわたしを陥(おとしい)れたのは間違いないと思います」

平九郎が言うと、

「何故じゃ」

盛清は目を凝らした。

「わたしが駕籠に入れられ火盗改の役宅に送られる時、牧村殿は逃げるように勧め、縄目を解き、更には遊撃組の目をそらしてくれたのです」

「なんじゃ、おまえ、自分の意思で逃げ出したのではないのか」

驚きの表情で盛清は返した。

「結果として逃亡したのですから、わたしの意思ということになりますが、わたしは火盗改や評定所での吟味で身の潔白を立てようと考えておりました。しかるに、牧村殿は火盗改の役宅に運ばれれば、若林殿によって濡れ衣を着せられたまま評定所での吟味前に命を奪われる、と危惧(きぐ)されたのです。実際、若林殿はそうするつもりであっ

となったのも事実です」

たのかもしれませぬが、親切ごかしに牧村殿が逃亡を勧めてくれたことが逃亡の弾みとなったのも事実です」

　平九郎は唇を嚙んだ。

「のっぺらぼうによると、若林は上屋敷に乗り込んで来て、おまえの引き渡しを申し出たそうじゃ。のっぺらぼうも盛義もおまえを引き渡すのを拒み、あくまで大内家で吟味する、と突っぱねた。若林もそれを一旦は受け入れた。ところが、そこへおまえが逃亡したという報せが届き、大内家で吟味する話は潰れた。吟味が潰れたばかりではなく、椿平九郎への疑いが濃くなるどころか、闇の頭であることが確定してしまったのじゃ」

　一息に語ると盛清は小さくため息を吐いた。

「今にして思えば牧村殿と若林殿が示し合わせていたのでしょう。いくら、若林殿でも大名家の留守居役を捕縛した上に単独で吟味を行うのは無理です。しかし、逃亡したとなったら大内家での吟味はできない。それを見越して牧村はわたしを逃がした……若林は牧村の動きを念頭に置いて上屋敷を訪れたのでしょう」

　最早、若林も牧村も呼び捨てにした。敬称をつける気になどなれない。

「卑劣な奴らよな。きっと、義太夫の情もわからんじゃろう」

盛清も怒りを露わにした。

「今にして思えば牧村には怪しき所業があります。雷太は閻魔堂の中で斬られていたのですが、至極鮮やかな手口でした。袈裟懸けにばっさり、です。遊撃組にあれだけの腕を持つ者はおりません。敵味方入り乱れての捕物騒ぎの混乱に乗じて牧村が雷太を斬ったに違いありません。わたしに雷太殺しの罪を着せるため、そして、雷太の口を塞ぐためでしょう」

平九郎の推論に盛清は異を唱えない。

平九郎は続けた。

「雷太が火盗改の役宅を出たのを三吉一味は知っていました。若林はわたしが三吉一味に内通した、と疑いましたが、その疑いはそっくり若林と牧村にも向けられます」

「すると、若林と牧村は韋駄天小僧三吉一味と関わっておるのじゃな」

盛清の目が光った。

「牧村監物こそが闇の頭ではないでしょうか」

平九郎は言った。

「そうに違いない」

盛清らしく即断した。

「棚橋作左衛門も仲間でしょう」

平九郎は言い添えた。

「よりによって、義太夫の情がわからぬ悪党どもが揃ったものよ」

盛清は拳を握った。

「大殿、ご退去くださりませ。間もなく若林が遊撃組を率いてわたしを召し捕りにやって来ます。牧村や棚橋、それに森上家を去った弓の使い手も加わるかもしれないのです」

平九郎は強く勧めた。

「馬鹿め、敵に背を向けろ、と申すか」

盛清は意気軒昂(けんこう)である。

「大殿、意地を張っておられる場合ではござりませぬ。何卒、ご退去を」

声を励まし、平九郎は訴えた。

「いくら頼まれようが、これればかりは譲れぬ」

断固とした姿勢で盛清は拒絶した。

これればかりは、が盛清には多いのだが、それはともかく、退去するよう説得しなければならない。

「清正、わしとて武士、戦国の世なら大将じゃ。出陣したら討死は覚悟しておるのじゃ。見くびるな」

こうなると盛清は梃子でも動かない。

若林のことだ。捕物のどさくさに紛れて平九郎と共に盛清の命までも奪うかもしれない。それに棚橋は盛清や大内家に恨みを抱いているのだ。遊撃組に加わってここを来襲すれば、盛清の首を取る、と意気込むのではないか。

佐川が加勢してくれるとしても、果たして盛清を守れるか。

「清正、心配するな」

腹を括ったせいか盛清は余裕の笑みを浮かべた。

次いで、

「それにしてもわからぬのは、何故牧村がおまえを罠にかけたのか、ということじゃな」

と、話を蒸し返した。

今更、どうでもいいのだが、

「わからぬと、気になって仕方がないな。よし、牧村を捕まえ、口を割らせるか」

盛清は拘った。

　すると、

「今、話しましょうぞ」

　と、声がかかり牧村監物が入って来た。

四

　素早く立ち上がると平九郎は盛清の前に立った。

　黒小袖に黒の裁着け袴に身を包んだ牧村は笑みを浮かべ、

「心配致すな。大殿に危害を加えはせぬ」

　と、大刀と脇差を鞘ごと抜いて平九郎に差し出した。平九郎が小石で殴打した左の頬が腫れ、赤黒くなっている、平九郎は戸惑いながらも牧村の刀を受け取る。

「構わぬ」

　盛清は平九郎に退くよう命じた。平九郎は警戒を解かず盛清の脇に座した。牧村は深々と腰を折り、盛清の面前に座した。

「大殿、椿殿、わしが若林殿と共にそなたを、ひいては大内家を罠にかけたこと、見抜かれたようですな」

牧村は言った。

「おお、おまえの浅知恵なんぞ、見通してやったわ」

盛清は胸を張って言い返した。

「これは畏れ入りました」

言葉とは裏腹に、牧村は微塵（みじん）も反省などしていない。それどころか、不敵な笑みさえも浮かべていた。

「何故、椿平九郎を罠に嵌めた」

ずばり、盛清は問いかけた。

薄笑いを浮かべ牧村は問い直した。

「大殿には心当たりがござりませぬか」

「ないから問うておるのじゃ」

不機嫌極まり、盛清が苛立ちを示した。

「そうですか……やはり、大殿は当家を蔑んでおられるのですな」

相変わらず笑みを浮かべているものの、牧村の目は尖っていた。それが牧村の怒りの大きさを物語っている。

平九郎が割り込んだ。

「牧村殿、わたしへの遺恨ではないのですか」

牧村はちらっと平九郎を見て小さく首を左右に振って否定した。

「貴殿には何の恨みもない。嫌悪してもおらぬ。むしろ、好感を抱いておる。よって、罠に嵌めたこと、心苦しく思う。椿殿はあくまで今回の企てにおける道具に過ぎぬ。椿殿以外の者であっても大内家の重職、要職にある者であれば誰でもよかったのだ」

牧村は打ち明けた。

「すると、狙いは大内家であるのですね」

盛清を横目に平九郎は確かめた。

「わしは、大内家改易は無理としても減封を狙ったのです。何故、そのような企てに及んだのか、大殿にはわかりないようです。ならば、お教えしましょう」

言葉を止め、牧村は盛清に強い眼差しを向けた。

盛清は返事をしない。

牧村に恨まれる理由に思いを巡らせているようだ。

「今更、思い出して頂かなくとも結構です。大殿は森上家を格下と見なし、当家を見下しておられますな」

悔しそうに牧村は顔を歪めた。

「それは……」

はっとしたように盛清は視線を彷徨わせた。

「雪乃さまの輿入れの際にも、格下の家ということで馬鹿になさったとか。越後内にある当家と接しておる飛び地とのいさかいを鎮めるため、やむを得ず婚礼を受け入れてやった、と放言さなったよし」

語るうちに牧村は息を荒らげた。

「そんなことで……」

という盛清の呟きは牧村の怒りに火をつけた。

「何がそんなことじゃ」

牧村の怒声に、盛清は口をあんぐりとさせた。

「御家にとって武士にとって体面、意地ほど大切なものはござらぬぞ」

すかさず平九郎が、

「それゆえ、大内家を減封に持っていこうというのはいくらなんでもやり過ぎではござりませぬか」

と、牧村に異論を唱えた。

「そんなことはない！」

牧村は怒りを鎮めない。

「ですが……」

平九郎が反論を加えようとするのを盛清が制し、

「そのために、公儀の力を借りたのか。いや、公儀の力ではないな。妹の七光で分不相応な出世を企む、望みばかりが大きい若林だか馬鹿林だか知らんが、そ奴の力を借りたのだろう。七光に七光で四十九光か。公儀の犬の尻馬に乗りおって、それで御家の体面じゃの、武士の意地じゃのとよく言えたものじゃな」

牧村の恨みがわかり、盛清らしく歯切れよく悪口雑言が並んだ。

牧村は目を丸くしたが、

「尻馬に乗ったのではない。若林を利用したのじゃ。森上家を大きくし、大内家を衰退へと向かわせるためにな」

と、激しい口調で言い返した。

「今回の企て、牧村殿の方から若林殿に持ちかけたのですか」

平九郎が問いかけた。牧村は、「いかにも」と認めてから、

「若林は焦っておった」

と、語り始めた。

若林は火盗改のお株を奪い、韋駄天小僧三吉捕縛に乗り出した。火盗改は三吉を斬った、と報告したが若林は生きている、と主張、盗み出した金の回収もやってみせる、と大見得を切った。

しかし、三吉の行方も隠し金の所在も杳としてわからない。

「そこで、わしは若林に持ちかけた。大内家の椿平九郎を闇の頭に仕立てる、という企てだ」

家臣の大木伝十郎と横井喜平治を御家から離れさせ、韋駄天小僧三吉一味に加わった、と若林に信じさせた。若林は三吉が生きており、盗んだ金の回収もできると、踏んだ。

「大内家に不満を抱きながら逐電した棚橋作左衛門も大木と横井に誘い込ませたのじゃ」

楽しそうに牧村は言った。

「大木や横井、それに棚橋は三吉一味に加わってはおらなかったのですね」

平九郎の問いかけに牧村は小さく首肯した。

「では、雷太を追った夜、やって来た三吉一味は……」

続く質問には、

「あれは、三吉一味ではない。金で雇ったやくざ者じゃ。若林め、まんまと騙されおったわ」

呵々大笑して牧村は答えた。

それぞれの思惑を胸に牧村と若林は大内家減封を企てたのだった。

大内家十万石の領地のうち、四万石を減封に処する、ということで若林は納得した。その四万石のうち、二万石は飛び地として越後国内にある。春日山藩森上家の領地と接するのだ。まさしく好都合である。

大内家は六万石、森上家は七万石となり、家格で逆転するのである。

「そこまでして、当家を上回りたいのか」

盛清は失笑を漏らした。

「これで、森上家は大内家を凌ぐのじゃ」

牧村の顔がどす黒く歪んだ。

そこへ、若林新次郎と遊撃組がやって来た。

「椿平九郎、覚悟致せ」

大仰に若林は言った。

陣笠を被り、火事羽織と野袴を身に着け、軍配を手にした若林に、

「ずいぶんと、大袈裟じゃのう。芝居でも演ずるつもりか」

からかいの言葉を投げ、盛清は立ち上がった。

「大殿、椿の身、召し捕ってまいりますぞ」

若林は告げた。

「断る」

毅然と盛清は返した。

若林に動揺は見られない。それどころか笑みさえも浮かべていた。

「罪人を匿うと申されるか」

「罪人を引き渡さないのではない。椿平九郎をおまえなんぞに渡す気はないのじゃ。つまり、椿は罪人ではないのじゃ」

胸を張り、盛清は言い放った。

「ほほう、そうですか。それならば、致し方ござらぬ。椿を力ずくで召し捕るまで」

「椿はな、虎も退治した剛の者じゃ。妹の七光で出世を狙う何処かの馬鹿旗本の敵う相手ではない」

言わなくていい悪口まで盛清は投げかけて挑発した。

若林のこめかみに青筋が立った。

「おのれ、構わぬ。この者たちを成敗せよ」

若林は命じた。

遊撃組が殺到してきた。

「無礼者！」

盛清は怒声を浴びせた。

一瞬、遊撃組は躊躇いを示したが、

「いいから、やれ」

若林はけしかけた。

そこへ、

「お待たせ。直参旗本先手組、佐川権十郎、見参」

と、佐川が駆けつけた。

白地に金糸で雲を摑む竜を描いた小袖を着流し、鎌鑓を手にしている。

「おお、待ちかねましたぞ」

喜色を浮かべ若林は声をかけた。

「いやあ、すまん。だがな、ちゃんとした働きをするから、任せてくれ」

佐川は着物の裾を捲り帯に挟むと平九郎の方に歩み寄る。

「さあ、平さん、暴れるぞ」

と、遊撃組に対した。

「なんだ……」

若林は大きく目を見開いた。

佐川は鐺をぶんぶんと振り回しながら遊撃組に向かう。遊撃組は後ずさり、持仏堂から外に出た。

平九郎も続く。

盛清は奥の仏間に入った。若林は遊撃組と共に庭に立つ。

庭には弓を手にした大木と鐺を手にした棚橋が仁王立ちをしていた。

佐川が棚橋に向かって、

「おお、おまえか、鐺の使い手は。よし、勝負だ」

佐川が挑むと、

「望むところだ」

巨体を揺らし、棚橋は受けた。

「何をしておる。相手は二人じゃぞ」

若林は、さっさと斬れ、と命じた。

遊撃組は平九郎目がけて殺到した。平九郎は抜刀する。

「抜かるなよ」

佐川は言うや、鑓を両手で持ち、棚橋と対した。

棚橋は唇を舌で舐めた。

平九郎は二人の敵に向かって斬り込んだ。気圧されるように二人は後ずさる。

「やれ！」

若林は常軌を逸した目つきで叫び立てた。

平九郎は落ち着きを失わず、相手の動きに注意を払う。

敵は背後に回ろうとした。

佐川が鑓を構え直した。柄の真ん中を両手で握り、水平に構えると殺到する敵を押し戻した。算を乱し押し戻される。

佐川が前に出たところに大木が矢を射かけた。佐川は鑓を車輪のように回転させた。

次々と矢が弾き飛ばされる。

棚橋が鑓の穂先を突き出しながら佐川に駆け寄った。

突き出された鑓を佐川は払い、二人は鑓を交え始めた。

「よし、勝負だ。あんたら、手出しするなよ」

棚橋は遊撃組に声を放った。

「面白い、やろうじゃないか」

佐川は肩に背負った鑓を構え直した。

棚橋は穂先を佐川に向け、腰を落とす。

遊撃組の中には生唾（なまつば）を呑み込む者がいた。若林も言葉を発することなく、佐川と棚橋を見ている。

平九郎も二人の対決に視線を注いだが、大刀は下段に構えたまま敵への備えを怠ることはない。

佐川は右手で鑓を頭上でぐるぐると振り回した。びゅんびゅんと唸りを上げる鑓に棚橋はひるまず、佐川を睨んでいる。

腰を落とし、鑓を構えるその姿は一歩も引くまいという決意を滲ませていた。

それにしても柄の長い鑓だ。

長身の棚橋は身体に合わせているのだろうが、それ以上に棚橋の誇りを感じる。

身長と鑓の長さで劣る佐川は、棚橋の懐に入らぬ限り勝機はない。

宝蔵院槍術の名手佐川にはそのことは十分にわかっており、それゆえ一歩前に出た。

途端に、棚橋の鑓が繰り出される。穂先が煌めき、周囲の者の目を射た。

佐川といえど、容易には近づけそうもない。

佐川は鐺を下段に構え直した。じりじりと間合いを詰めようとするが、棚橋は懐に入らせまいと穂先を突き出す。

と、不意に佐川が横に走った。

棚橋を撹乱しようと思ったのだろうが、棚橋はその手には乗らず、身動ぎもしないでどっかと鐺を構えている。

佐川を追う目は鋭く、手練の武芸者だと伝えていた。

乗ってこない棚橋に佐川は動きを止め、正面から対峙した。鐺を両手で持ち上げ、大上段に構えると胴を棚橋に晒して攻撃を誘う。

棚橋は腰を落としたままだ。

遮る物とてない二人だけの戦場は、初夏の夜風に吹きさらされても身が焦がされそうだ。

二人に注がれる平九郎や若林、遊撃組の視線も灼熱の日輪の如く燃え立っていた。

佐川の額から汗が滴った時だった。

「とお!」

棚橋が裂帛の気合いと共に鐺を繰り出した。

咄嗟に佐川は鑓を投げた。棚橋は鑓で払い落とす。間髪を容れず、佐川は飛び出すや棚橋の鑓の柄を両手で摑んだ。棚橋には予想外の動きだったのだろう。

目を泳がせ、鑓を奪われまいと両手に力を込めた。

が、不意をつかれ、身体がよろめいてしまった。

「おう！」

佐川は叫び声を上げると、鑓を持ち上げた。

江戸っ子の粋を気取る普段とは別人、練達の武芸者と化した。

鑓を摑んだまま棚橋の身体が浮き上がる。

そのまま佐川は勢いよく鑓を投げた。棚橋の身体が孤を描いた。

どよめく遊撃組の群れに、棚橋は落下した。棚橋は失神した。

遊撃組の中には悲鳴を上げながら逃げ出す者が現れた。

若林が必死の形相で引き止める。

「拙者が……」

大木が弓に矢を番えた。

遊撃組の面々が大木の周りに集まった。

平九郎は大木の正面に立ち、

「わが胸を射てみろ！」

眦を決して大木を挑発した。

が、その直後、沁み通るような笑顔となった。

夜空にかかる下弦(かげん)の月にも劣らない白い肌が朱に染まったのは、漲る闘志の表れであろう。

すると、平九郎の周囲に蒼(あお)い靄(もや)のようなものがかかった。

大川から離れているにもかかわらず、せせらぎや野鳥の囀りが聞こえてきた。

平九郎は笑みを深めた。今にも山里を駆け回らんばかりに楽しげだ。

無邪気な子供のような平九郎に、大木は番えた矢を射ることもせず、遊撃組の殺気が消えてゆく。

いきり立っていた若林の表情も柔和となっていた。

平九郎は大刀の切っ先をゆっくりと動かし始めた。吸い寄せられるように敵の視線が切っ先に集まる。

平九郎は切っ先で八文字を描いた。

月光を浴びた刀身がほの白く煌めき、太刀筋は鮮やかに八文字の軌跡を描いた。

敵の目には平九郎が朧(おぼろ)に霞(かす)んでいる。

「何をしているんだ！」

気を失っていた棚橋が立ち上がり、遊撃組に驚きの怒声を浴びせた。

遊撃組は我に返り、算を乱しながらも斬りかかってきた。

大木も矢を射た。

が、そこにいるはずの平九郎の姿がない。

啞然(あぜん)とする敵の背後で、

「横手神道流(よこてしんとうりゅう)、必殺剣朧月(おぼろづき)！」

笑顔を引っ込め、大音声を発するや、平九郎は振り返った遊撃組の首筋や眉間に峰討ちを浴びせた。

瞬きをする暇もなく敵は倒れ伏した。

「おのれ！」

大木は矢を射かけた。

平九郎は大刀で払い、風のように間合いを詰めると、弓弦(ゆづる)を両断した。

その間に佐川が棚橋の脛を鐺で払った。

棚橋はもんどり打って地べたに横転し、再び失神した。

平九郎は大木の眉間に峰討ちを放った。大木は膝から頽れた。

若林に向かおうとしたが姿がない。

と、

「平さん」

佐川が顎をしゃくった。

若林は遊撃組の何人かを率いて持仏堂に入っていった。

盛清を殺すか人質に取るつもりのようだ。

平九郎も佐川と共に持仏堂に向かった。

休息の間に牧村と若林、遊撃組が三人、立ち尽くしている。

襖を隔てた仏間から、

「夕顔の咲く闇の中から～現れ出でたる～たあ～け～ち、み～つひでえ！」

と、獣の咆哮としか思えないしわがれ声の絶叫が聞こえてくる。

仏間で盛清が義太夫を語っている。かろうじて、「絵本太功記（たいこうき）」の尼ケ崎閑居（あまがさきかんきょ）の場、明智光秀（あけちみつひで）を擬した武智（たけち）光秀登場の場面だ。

心ならずも平九郎は何度も聞かされているため、それがわかったが若林や牧村、遊撃組には耳をつんざく騒音でしかない。

しかも、この騒音、甚だしく神経を侵す。実際、若林たちは耳を押さえ、うずくまってしまった。

戦意喪失の彼らに平九郎と佐川は大刀と鑓を向けた。牧村にも若林にも遊撃組の者たちも争う気力を失っていた。

「相国殿の義太夫、いかなる武芸者の技にも勝るな」

佐川の言葉に平九郎は心底から同意した。

皐月となり、連日の梅雨空である。

若林新次郎は蟄居謹慎中、近々評定所で吟味が行われる。遊撃組は解散になった。韋駄天小僧三吉探索に事寄せて大内家減封を企てた陰謀は幕府や大名たちの反感を買い、妹の七光も通用しないだろうと噂されている。

牧村監物は一身に企ての責任を負い、切腹した。

盛義は森上家に寛大な処置が下るよう老中宛に嘆願書を出した。幕閣も今回の企ては牧村個人による、と判断し森上家は不問に付した。

平九郎は佐川と花膳で一献傾けていた。軒を伝う雨だれを眺める佐川に、

「今回はすっかりお世話になりました」

居住まいを正し、平九郎は礼を言った。

「まあ、そう硬くなるなって」

佐川は平九郎を向き、右手をひらひらと振った。佐川の希望で木の芽田楽が食膳に上っている。豆腐ばかりではなく、茄子、蒟蒻、里芋なども串に刺され、味噌を塗って焼いてある。

香ばしい味噌の匂いを楽しみ、

「さあ、食べるか」

佐川は豆腐が刺された串を手に取った。平九郎は蒟蒻を食べ始める。口中に味噌の風味が広がり、蒟蒻の食感が酒を誘った。

「相国殿、すっかり大人しくなっているな」

佐川は豆腐をかじりながら言った。

牧村監物から大内家減封の企ての原因が自分にあると聞き、さすがの盛清も言動を慎んでいるようだ。

「義太夫も語らなくなったらしいじゃないか」

おかしそうに佐川は肩を揺すった。

「例によって飽きてしまわれたのか……それとも……」

平九郎は言葉を止めた。

「それとも……」

気になる様子で佐川は問い直した。

「先だって、大殿は義太夫を語り尽くした、とおっしゃったのです。持仏堂で唸って、それで義太夫への熱を燃やし尽くしてしまわれたのか、と……まあ、わたしの勝手な思い込みかもしれませんが」

平九郎は茄子が刺された串を手に取った。

佐川は五月雨振る庭を眺め、

「相国殿、梅雨が明ける頃には新しい趣味を始めるだろうよ」

と、言った。

「今度はどんな趣味でしょう。恐ろしくもあり楽しみでもあります」

平九郎が言うと佐川は大きな声で笑った。

二見時代小説文庫

逃亡！ 真実一路 椿平九郎 留守居秘録5

二〇二二年 五 月二十五日 初版発行

著者 早見 俊

発行所 株式会社 二見書房
〒一〇一-八四〇五
東京都千代田区神田三崎町二-一八-一一
電話 〇三-三五一五-二三一一［営業］
〇三-三五一五-二三一三［編集］
振替 〇〇一七〇-四-二六三九

印刷 株式会社 堀内印刷所
製本 株式会社 村上製本所

 ISBN978-4-576-22061-1
https://www.futami.co.jp/

早見俊

椿平九郎 留守居秘録

シリーズ

以下続刊

① 椿平九郎 留守居秘録 逆転！評定所
② 成敗！黄金(きん)の大黒
③ 陰謀！無礼討ち
④ 疑惑！仇討ち本懐
⑤ 逃亡！真実一路

出羽横手藩十万石の大内山城守盛義は、江戸藩邸から野駆けに出た向島の百姓家できりたんぽ鍋を味わっていた。鍋を作っているのは、馬廻りの一人、椿平九郎義正、二十七歳。そこへ、浅草の見世物小屋に運ばれる途中の虎が逃げ出し、飛び込んできた。平九郎は獰猛な虎に秘剣朧月(おぼろづき)をもって立ち向かい、さらに十人程の野盗らが襲ってくるのを撃退。これが家老の耳に入り……。

早見 俊

居眠り同心 影御用

シリーズ

閑職に飛ばされた凄腕の元筆頭同心「居眠り番」蔵間源之助に舞い降りる影御用とは…!?

① 居眠り同心 影御用 源之助人助け帖
② 朝顔の姫
③ 与力の娘
④ 犬侍の嫁
⑤ 草笛が啼く
⑥ 同心の妹
⑦ 殿さまの貌
⑧ 信念の人
⑨ 惑いの剣
⑩ 青嵐を斬る
⑪ 風神狩り
⑫ 嵐の予兆
⑬ 七福神斬り
⑭ 名門斬り
⑮ 闇の狐狩り
⑯ 悪手斬り
⑰ 無法許さじ
⑱ 十万石を蹴る
⑲ 闇への誘い
⑳ 流麗の刺客
㉑ 虚構斬り
㉒ 春風の軍師
㉓ 炎剣が奔る
㉔ 野望の埋火(上)
㉕ 野望の埋火(下)
㉖ 幻の赦免船
㉗ 双面の旗本
㉘ 逢魔の天狗
㉙ 正邪の武士道
㉚ 恩讐の香炉

早見俊

勘十郎まかり通る

シリーズ

完結

① 勘十郎まかり通る　闇太閤の野望
② 盗人の仇討ち
③ 独眼竜を継ぐ者

向坂勘十郎は群がる男たちを睨んだ。空色の小袖、草色の野袴、右手には十文字鑓(やり)を肩に担いでいる。六尺近い長身、豊かな髪を茶筅(ちゃせん)に結い、浅黒く日焼けしているが、鼻筋が通った男前だ。肩で風を切り、威風堂々、大股で歩く様は戦国の世の武芸者のようでもあった。大坂落城から二十年、できたてのお江戸でドえらい漢(おとこ)が大活躍！